狼與辛香料 III

支倉凍砂
Isuna Hasekura

Illustration
文倉 十
Jyuu Ayakura

商人居伊・巴托斯

魔女。
當羅倫斯的腦海裡浮現這個字眼時，
女子的視線投向了他。
「喲，是個帥哥呢。不過，他的表情像是把我當成魔女了。」
「既然這樣，那我就這麼介紹您好了。」
鍊金術師狄安・魯本斯

阿瑪堤在這時
舉高短劍和一張羊皮紙宣告：
魚商費米・阿瑪堤

「由我來償還巡禮修女那纖細肩膀背負的欠債。
當美麗女神恢復自由之身時，
我將對著在天上守護著羅恩商業公會的
聖人蘭巴爾多斯發誓，
我願意將忠誠的愛獻給巡禮修女赫蘿！」

「妳不是有我嗎？」
這是羅倫斯不帶虛假的真心話。

而且，這般話語

不是隨隨便便就能夠說出口。

然而，赫蘿的臉上卻浮現嘲諷的笑容不客氣地說：

「汝是咱的什麼人啊……不對，咱是汝的什麼人啊？」

Contents

狼與辛香料III

第一幕

從教會城市留賓海根出發後，已過了六天。隨著日子一天天過去，氣候越見寒冷，再加上天公不作美的陰天，使得白天吹來的緩緩徐風也讓人不禁打起寒顫。

尤其是來到河濱道路之後，風兒一併吹來了河水的寒冷，更是凍氣逼人。

彷彿將烏雲融入河中似的混濁河水，看起來冰冷極了。

儘管身上穿了好幾件離開留賓海根時買來的二手禦寒衣物，終究不敵寒風刺骨的氣候。

不過，回想起從前為了優先採買貨物，以致於沒有多餘的金錢購買二手禦寒衣物，只能夠一邊凍得發抖，一邊朝北方前進的那段日子，臉上就不禁掛起苦笑。這股懷念的感覺也讓人多少忘卻了寒冷。

歷經七年的歲月後，當初那個初起步的旅行商人似乎也像樣了幾分。

而且，今年冬天除了禦寒用具之外，還有一個能夠讓人忘卻寒冷的存在。

十八歲那年便自立門戶，今年將迎接第七次冬天的旅行商人羅倫斯，把視線移向身旁與他一同坐在駕座上的人。

平常不管是向右看或是向左看，都沒有人相伴。

就算偶爾會碰上目的地相同的旅伴，也幾乎不會一同坐在駕座上。

更不用說會與人一起把一塊覆蓋貨物用的布料，蓋在腿上取暖。

「怎麼著？」

用字遣詞有些古式語法的同乘者。

這位同乘者的外表看起來約十五歲上下，是個皓齒明眸的少女，她擁有一頭貴族也羨煞不已的美麗亞麻色長髮。

不過，令羅倫斯羨慕的不是美麗的亞麻色長髮，也不是少女身上穿著的上等長袍。

而是少女放在蓋腿布上、仔細梳理著的動物尾巴。

那尾巴整體呈現褐色，前端帶著白毛；濃密的毛髮看來十分溫暖。如果將之製成圍巾，相信會是貴婦們不惜花大錢也想擁有的上等品；只可惜那尾巴是非賣品。

「趕快把尾巴梳理好，然後放進蓋腿布底下。」

身穿長袍、用梳子細心梳理著動物尾巴的少女外表看起來，要說她像是在做零工的清貧修女，似乎也挺像的。

然而，少女聽了羅倫斯的話，便迅速瞇起那帶點紅色的琥珀色眼睛，跟著咧開儘管受到乾燥寒風吹襲，卻絲毫不見裂傷的嘴唇，露出尖牙不悅地說：

「不准把咱的尾巴當成懷爐。」

說著，少女手中的尾巴動了一下。

雖然擦身而過的旅行商人或是旅人們看到那尾巴，總會猜測是什麼動物的皮草，但事實上，那尾巴至今仍然長在主人身上。

那是用梳子細心梳理著動物尾巴的少女所擁有。而且，少女不僅擁有尾巴，她的帽子底下還藏了非人類所有的動物耳朵。

當然了，擁有動物耳朵和尾巴的人不可能是個正常人。在世上，雖然存在著出生時被妖精或惡魔附身，而擁有非人類外表的惡魔附身者，但是少女並不屬於這一類。

少女的真實模樣是一隻寄宿在麥子裡、神聖得教人畏懼的巨狼，其名為約伊茲的賢狼赫蘿。對於具有常識的正教徒來說，赫蘿是被尊稱為異教之神、令人驚惶恐懼的存在。然而，羅倫斯畏懼赫蘿已經是過去式了。

現在的羅倫斯不僅能夠輕鬆地拿赫蘿總是引以為傲的尾巴開玩笑，更是常把她的尾巴當成懷爐使用。

「畢竟妳那尾巴的毛髮如此濃密整齊，光是放在蓋腿布底下，就溫暖得像是蓋了堆得跟山一樣的厚重皮草嘛。」

恰如羅倫斯的盤算，赫蘿得意地用鼻子哼了一聲後，一副「真是拿你沒轍」的模樣把尾巴收進蓋腿布底下。

「話說，城鎮還沒到嗎？今天會到唄？」
「只要沿著這條河往上游走，沒多久就到了。」
「總算可以吃熱騰騰的飯了，咱可不想在這般寒天裡再吃冷稀飯了。不管怎麼說，這都太教人厭煩了。」
就算有自信比赫蘿更習慣吃難吃食物的羅倫斯聽了，也贊同赫蘿的話。
雖說旅行的唯一樂趣就是吃，但是在冬天，恐怕就不能算是樂趣了。
因為在凍得打顫的寒天裡，只能夠選擇直接啃咬又硬又苦的黑麥麵包，或是黑麥麵包加水熬煮成的稀飯，而搭配的菜色就只有不帶什麼鹹味的肉乾，或是耐儲藏蔬菜的代表——洋蔥和蒜頭而已。
因為赫蘿原本是隻狼，所以她不敢吃帶有強烈味道的洋蔥和蒜頭，而她也討厭吃苦澀的黑麥麵包，所以只能夠快速吞下加水熬煮的黑麥稀飯。
對於貪吃的赫蘿來說，這簡直跟嚴刑拷打沒兩樣吧。
「嗯，我們要前往的城鎮正在舉辦大市集，應該會有很多吃的，妳就好好期待吧。」
「喔～可是汝啊，汝的荷包受得了多買東西嗎？」
羅倫斯一星期前在教會城市留賓海根，因為貪心而掉進商行的陷阱裡，當時他甚至一度以為自己會破產。

歷經千迴百轉後，雖然羅倫斯好不容易免於破產，但是他沒能夠賺得利益，甚至賠了錢。

對於造成大風波的兵備，羅倫斯因為考量到在冬季運送太吃力，以及越往北走，跌價影響有可能會越大，所以最後在留賓海根以幾乎算是免費的價格賣出。

雖然赫蘿總會吵著要買東買西，但是她卻會替羅倫斯擔心荷包。

是個平常總是口出惡言且態度傲慢，不過其實本性十分善良的傢伙。

「如果只是買吃的給妳，那還在容許範圍內。沒什麼好擔心的。」

然而，赫蘿依然一副有所掛心的擔心模樣說：

「嗯……」

「而且，最後在留賓海根還是沒買到蜂蜜醃漬的桃子給妳，妳只要想成這是補償就好了。」

「是麼……可是吶。」

「怎樣？」

「雖然咱有一半是擔心汝的荷包，但另一半是替自己擔心。如果咱把錢花在吃的上面，會不會就得住差一點的旅館呢？」

羅倫斯心想「原來如此」，笑著回答說：

「我是打算投宿有一定水準的旅館。難道妳想說房間裡沒有暖爐，妳就不住嗎？」

「咱是沒打算要求那麼多。不過吶，咱可不想聽到汝以咱買了吃的東西為藉口吶……」

「藉口？」

為了拉回稍微偏離路面的馬兒，羅倫斯把視線移向前方後，赫蘿便湊近他的耳邊輕聲說：

「咱不想聽到汝以不夠錢為由，選擇只有一張床的房間。咱偶爾也想一個人舒服地睡覺。」

羅倫斯不禁過度使勁地拉扯韁繩，馬兒不滿地發出嘶聲。

不過，羅倫斯一天到晚遭到赫蘿這般捉弄，次數多了，也就變得容易振作起來。

羅倫斯努力地偽裝平靜，並用冷漠的眼神看向赫蘿說：

「會發出那麼少根筋鼾聲的人，還好意思這麼說。」

羅倫斯的振作和反擊似乎讓赫蘿感到意外，她一副很無趣的模樣嘟起嘴巴，並挪開身子。

羅倫斯心想怎麼能夠放棄這乘勝追擊的機會，於是繼續展開攻擊。

「再說呢，妳又不是我喜歡的類型。」

赫蘿擁有能夠辨別人類是否說謊的耳朵。

羅倫斯方才說的話勉勉強強不算謊言。

赫蘿似乎明白這事實，她面帶驚訝的表情僵著身子。

「妳應該知道我沒扯謊吧？」

於是，羅倫斯加以最後一擊。

雖然赫蘿吃驚地發愣了好一會兒，但是她的嘴巴仍一張一合地動著，嘗試要反擊；不久後，她似乎發現如此的反應說出自己被擊敗的事實。

赫蘿帽子底下的耳朵明顯地垂下，她沮喪地低下頭。

羅倫斯獲得了睽違已久的勝利。

然而，這不是真正的勝利。

雖說赫蘿不是羅倫斯喜歡的類型並非謊言，但是也並非全然是事實。

只要這麼告訴赫蘿，總是被赫蘿玩弄於股掌之間的羅倫斯就能夠完成他的復仇劇。

無論是毫無防備地睡著覺的赫蘿，還是笑容滿面的赫蘿都教羅倫斯喜愛。

還有她垂頭喪氣的模樣也是。

也就是說……

「汝喜歡這樣的咱，是唄？」

羅倫斯的視線不小心對上赫蘿垂頭往上看的視線，他無法控制自己的臉色轉紅。

「大笨驢。越是愚蠢的雄性，就越喜歡軟弱的雌性，根本沒自覺到真正軟弱的是汝等雄性的腦袋瓜。」

一邊露出兩邊的尖牙，一邊露出嘲諷笑容的赫蘿瞬間反敗為勝，佔了上風。

「如果汝期待咱扮演成柔弱公主的角色，那麼汝也得是個強悍的騎士吶。可是，實際的狀況是如何啊？」

赫蘿用手指向羅倫斯，羅倫斯無言以對。

羅倫斯想起各種能夠讓他痛切感受到自己不是被選中的騎士，而是一介旅行商人的畫面。

看著羅倫斯的反應，赫蘿有些滿足地嘆了口氣後，像是忽然想起了什麼事情，用食指抵著自己的下巴說：

「嗯。不過回想起來，汝好像有一次當成了騎士。」

羅倫斯試著當場打開記憶的抽屜尋找，但是他不禁自問曾有過那麼男子氣概的表現嗎？

「什麼啊，本人都忘了啊。汝不是曾經擋在咱前面保護咱嗎？咱們掉進難搞的銀幣紛爭時，在地下水道裡啊。」

「……喔，那個啊。」

雖然赫蘿勾起了羅倫斯的記憶，但是他實在無法認為那是騎士的表現。因為那時的羅倫斯衣衫襤褸，勉強站立著的身子還不住地搖晃。

「又不是擁有強勁腕力才是騎士的表現。不過，那是咱第一次受人保護吶。」

赫蘿有些害羞地笑笑，跟著把身子貼近羅倫斯。赫蘿的情緒轉換之快，依然教羅倫斯感到害怕。面對這樣的赫蘿，即使是因為損益會突然改變態度的商人，也會嚇得拔腿就跑。

然而，羅倫斯無處可逃。

「將來汝一樣會好好愛護咱唄？」

眼前的狼像隻小貓咪似的，展露溫柔又天真的笑容。那是獨自一人行商好幾十年也沒機會見到的笑臉。

然而，那是虛假的笑臉。赫蘿正在為羅倫斯說不是他喜歡的類型而生氣，而且想必是極度地生氣。

羅倫斯深刻感受到了赫蘿的憤怒。

「……抱歉。」

所以，羅倫斯的道歉話語就像施了魔法般，讓赫蘿聽了露出真心的笑容，並坐正身子，從喉嚨深處發出咯咯笑聲。

「咱就是喜歡汝這樣的個性。」

如此互相捉弄和互開玩笑的互動，就像兩隻幼犬在嬉鬧一樣。

說到底，這樣的距離還是最適合兩人。

「選擇只有一張床的房間是無所謂啦。但是，飯菜要有兩份才行。」

「知道了、知道了。」

明明天氣不熱，羅倫斯卻是直冒汗水；他一邊擦去討人厭的汗水，一邊說道。赫蘿聽了，再次發出笑聲。

「那，這附近有什麼好吃的嗎？」

「妳是說名產嗎？雖然說不上是名產，但是這附近……」

「魚，對唄？」

赫蘿說出羅倫斯正準備回答的答案，這讓他感到有些驚訝。

「真虧妳會知道呢。從這裡往西邊走，就會遇上湖泊，從那邊運來的魚料理算是名產吧。還有啊，流經那一帶的河川裡也能夠捕獲到各式各樣的魚。不過，妳是怎麼知道的啊？」

雖然赫蘿能夠輕鬆識破人類的心聲，但是她不可能真有辦法看穿人們心裡在想什麼吧。

「嗯，從剛剛就有味道順著風吹來。汝看！」

赫蘿說罷，用右手指向河川的相反方向。

「那馬車車隊是在運送魚唄。」

羅倫斯聽了，才在第一次察覺到的遠處看見馬車車隊從山丘後頭出現。以羅倫斯的視力來說，他頂多數得出有幾輛馬車，根本看不清楚貨台上載了什麼。依車隊的前進方向看起來，雖然像是與這方的道路平行，但應該會在某處會合吧。

「聽到魚料理，咱實在想像不出會有什麼料理。是像在留賓海根吃的鰻魚那樣嗎？」

「那鰻魚只是用油炸過而已。如果是比較費功夫的魚料理，會和蔬菜或肉類一起清蒸，或是加上香草一起火烤，有很多烹調方法。還有一種食材，是等會兒就快抵達的城鎮才有的食材。」

「喔～」

赫蘿的眼神散發出耀眼的光芒，放在蓋腿布底下、用來取代懷爐的尾巴興奮地甩著。

「等到抵達城鎮後再告訴妳是什麼食材，好好期待吧。」

聽到羅倫斯如此捉弄，赫蘿雖然稍微鼓起雙頰，但這般程度的捉弄當然不會惹她生氣。

「那馬車上如果有上等好魚，就買來當晚餐如何？」

「我不擅長於分辨魚的好壞。打從以前虧了錢後，我就不敢碰魚了。」

「有啥好擔心的，有咱的眼睛和鼻子啊。」

「妳分辨得出魚的好壞嗎？」

「不然，要咱也判斷看看汝的好壞嗎？」

赫蘿惡作劇地笑著說道，羅倫斯只能夠乖乖投降。

「妳饒了我吧。不過，如果有不錯的魚，就買來請店家料理吧，這樣也比較划算。」

「嗯，包在咱身上唄。」

雖然羅倫斯不知道會在何處與可能載有魚的車隊會合，但是他發現車隊的距離逐漸拉近，於是讓馬兒順著道路前進。

羅倫斯一邊斜眼看著視線落在遠方馬車上的赫蘿，一邊想著——

話說回來，赫蘿說的靠眼睛和鼻子來判斷好壞，應該是指依照外觀和味道來判斷。

如果赫蘿能夠判斷魚的好壞，或許她真有辦法判斷人類的好壞。

雖然羅倫斯立刻發現自己的想法可笑，而不禁獨自發笑，但是心裡卻仍然有些在意。

羅倫斯若無其事地把鼻子湊近自己的右肩嗅了嗅味道。他心想自己雖然過著旅行生活，但應該不至於太臭才是；再說，赫蘿也同樣沒換過衣服。

羅倫斯像是在找藉口似的這麼想著時，感覺到有視線投向他的左臉頰。

雖然羅倫斯並不想看向那視線，但是他轉頭一看，發現赫蘿沒出聲地大笑著。

「真是的。汝這麼可愛，叫咱的面子往哪擱啊？」

赫蘿一副難以置信的模樣說道，結果羅倫斯連半句反駁的話語也說不出來。

河水緩緩流動著，乍看下彷彿靜止不動似的。河畔開始出現讓馬兒歇腳喝水、或是重新堆放貨物的人影，其中也有難得一見的旅行磨刀師身影。磨刀師將長劍立在一旁取代招牌，在磨刀台上百無聊賴地托腮打呵欠。

另外，也看得見船底平坦的平底船停靠在棧橋旁，船主與牽著馬匹的騎士在船上爭吵的場面。從騎士的簡單裝備看起來，有可能是準備前往某要塞的傳令兵。八成是因為馬匹隻數不足，船主不願意發船，所以騎士正在與他爭論吧。

因為羅倫斯也有過急於趕路，對著不願意開船的船主發脾氣的經驗，所以看著這樣的光景，他不禁苦笑。

原本不斷延伸、彷彿無止盡的荒原也漸漸轉為已開墾的田地，眼前可以看見零零星星的耕田人影。

這般開始流露出人們生活氣息的風景變化，總是讓羅倫斯百看不厭。

到這時總算與方才看見、載有魚的馬車車隊會合。

車隊有三輛馬車排列著，每輛馬車分別由兩匹馬兒拉動。馬車沒有設置駕座，一名衣著高貴的年輕男子坐在最後一輛馬車的貨台上，三名應是雇工的男子一邊步行，一邊控制著馬兒。

剛開始羅倫斯心想，由兩匹馬兒拉動一輛馬車可說派頭十足，但是靠近一看，他明白了這並非為了派頭。

貨台上放了能夠完全容納一人體積的桶子和木箱，其中幾個桶子裡裝了滿滿的水，讓魚兒在水中游泳。

只要是沒經過鹽漬處理的魚，不論種類為何都算高級品；而活生生的魚更是不在話下。

雖然運送活魚的場面確實難得一見，但是另一件事讓羅倫斯更感訝異。

羅倫斯訝異的是，以三輛馬車運送著這般高級品的貨主看起來，是個比自己年輕的商人。

「買魚嗎？」

坐在最後一輛馬車貨台上的男子，穿著販魚大盤商經常穿著、塗了油脂的皮革外套。羅倫斯先向男子搭腔後，男子便從帽子底下以少年般的聲音如此說道。

「是的。可否割愛幾條魚賣給我呢？」

與赫蘿互換了座位的羅倫斯如此問道。年輕商人聽了立刻回答：

「非常抱歉，我們賣的魚都已經分配好數量了。」

如此意外的回答讓羅倫斯感到有些吃驚。年輕男子察覺到羅倫斯的反應，於是褪去帽子露出臉來。

帽子底下露出了與其聲音相襯的少年面孔。說男子是少年或許有些誇大，但是那面孔看起來並未滿二十歲。而且，賣魚的大盤商以粗獷男子居多，但眼前的男子身形卻是罕見的纖細。他隨風揚起的金髮甚至給人氣質高雅的感覺。

不過，既然男子能夠一次運送三輛馬車數量的鮮魚，就是個不容輕視的商人。

「不好意思，請問您是旅行商人嗎？」

雖然羅倫斯無法辨別男子和藹可親的笑臉是與生俱來，還是商人的笑臉，但是他心想不管是前者或後者，他都得以笑臉回答。

「是的，我剛從留賓海根過來。」

「原來如此。如果是這樣，只要沿著我們走來的路往回走半天左右，就會遇上湖泊。您只要和漁夫們商量，應該就買得到魚；這季節捕獲的鯉魚肉質很不錯呢。」

「喔，不，我不是要採買，我只是想請您割愛幾條魚當作今晚的料理。」

年輕商人的笑臉突然轉為驚訝的表情，或許是因為他頭一遭聽到有人提出這樣的要求。

如果是長距離運送鹽漬魚的魚商，在運送途中經常會被人如此要求；但如果只是往返鄰近湖泊與城鎮的魚商，或許不習慣遇到這樣的事情吧。

然而，年輕商人的驚訝表情立刻又轉為沉思的表情。

想必那表情是因為遭遇的事態有別於自身的生意常識，所以在思考能否當成新的生意來做。

「您真是熱愛做生意的人。」

羅倫斯說道。年輕商人聽了，「啊」的一聲回過神來後，不好意思地笑笑。

「真是失態了。對了，您想買魚當晚餐的料理，這是說您今晚會住在卡梅爾森嗎？」

「是的，我來參觀冬季大市集和祭典。」

卡梅爾森是羅倫斯準備前往的城鎮名稱，那裡目前正在舉辦每年分別於夏季與冬季舉行的大市集。

另外，為了配合冬季大市集，同時也會舉辦祭典。

雖然羅倫斯不清楚祭典的詳細內容，但是他曾經耳聞那是教會的人看了，肯定會暈厥過去的異教祭典。

從至今仍是北方異教徒討伐隊的補給基地，同時是教會城市的留賓海根出發，往北方前進六天後，所抵達之處的正教徒與異教徒關係，恐怕就不如南方國家般單純了。

朝留賓海根北方延伸的廣大區域是由名為普羅亞尼的國家統治，那裡有多數王族是異教徒。正教徒與異教徒居住在同一座城鎮裡，可謂非常理所當然的事。

卡梅爾森是普羅亞尼的有力貴族所擁有的城鎮，是以盡量遠離複雜的宗教問題、促進經濟繁榮為目的而建造的大型城鎮。因此，卡梅爾森裡沒有正教徒的教會，也禁止正教徒進行傳教活動。在那裡舉辦的祭典最忌諱被問起是屬於正教或是異教的祭典，一般是以屬於卡梅爾森的傳統祭典來做說明。

因為祭典本身相當珍奇罕見，再加上異教徒也能夠安心前來，似乎使得這個被稱為拉卓拉祭的祭典，每年都會湧進人數多得驚人的民眾。

因為羅倫斯只會在夏季來到卡梅爾森，所以他沒見識過這個祭典。羅倫斯憑著聽來的祭典話題，特地計畫提早抵達卡梅爾森。然而，他似乎想得太天真了。

「請問，您訂好旅館了嗎？」

年輕商人一臉憂心的模樣問道。

「祭典是後天才開始吧。該不會已經訂不到旅館了？」

「正是如此。」

一旁的赫蘿稍微動了一下身子，或許她是在擔心訂不到旅館。

雖不知狼模樣的赫蘿會如何，但如果是人類模樣的赫蘿，就跟人類一樣會怕冷。她一定快受不了這般寒冷季節裡的野營生活了吧。

不過，如果是這樣，羅倫斯也另有打算。

「這樣的話，洋行好像會配合每年的大市集幫會員安排旅館，我會請洋行幫忙的。」

如果請洋行幫忙，有可能會被追根究底地詢問與赫蘿的關係，所以羅倫斯並不想這麼做，但事到如今也只有這個選擇了。

「啊，原來您是公會所屬的商人。不好意思，請問您所屬的公會是？」

「羅恩商業公會在卡梅爾森的洋行。」

年輕商人聽到的瞬間，表情頓時變得開朗。

「真美妙的偶然，我也是屬於羅恩公會。」

「喔，這一定是神的指引……糟糕，這一帶最忌諱說這樣的話吧？」

「啊哈哈，沒關係的，我也是南方國家來的正教徒。」

年輕商人笑笑，然後輕輕咳了一下說：

「那麼，容我先自我介紹。我是在卡梅爾森從事販魚大盤商的費米．阿瑪堤。生意上我都以阿瑪堤自稱。」

「我是旅行商人克拉福．羅倫斯。同樣以羅倫斯自稱。」

雖然兩人都在馬車上道出姓名，但是因為彼此就在伸手可及的距離，所以兩人就直接握手。這麼一來，羅倫斯接下來就必須介紹赫蘿。

「這位是我的旅伴赫蘿。我們因為某種原因而一同旅行，但不是夫妻。」

羅倫斯笑著說道，赫蘿聽了，稍微把身子向前傾，並展露笑容看向阿瑪堤。

赫蘿表現得安靜乖巧時，果然相當有魅力。

雖然阿瑪堤慌張地再次做了自我介紹，但是他的臉頰通紅。

「赫蘿小姐是修女嗎？」

「基本上算是巡禮修女。」

並非只有心生信仰的男子才會踏上巡禮之旅，身為市民的女性們一般也會巡禮。

而且，大多數的女性們在巡禮時，都會以巡禮修女自稱。比起回答是巡禮中的市民，以巡禮修女自稱更能夠免去各種麻煩事。

然而，因為打扮成讓人一眼就看得出是教會相關的人士，進了卡梅爾森會帶來問題；所以如此裝扮的人進城時，都習慣在衣服某處別上三根羽毛。而赫蘿的帽子上也別了三根顯得寒酸的咖啡色雞毛。

自稱是南方國家來的阿瑪堤雖然年輕，但是他似乎立刻明白了這方面的事理。

阿瑪堤沒多問，想必是他理解一定有什麼原因，所以旅行商人才會與年輕女子一同旅行吧。

「那麼，旅途中會遇上多多少少的困難，也算是上天賜予的考驗吧。我會這麼說，是因為如果只需要一間房間，我還有辦法安排，但是很遺憾的，如果要安排兩間房間，就有些困難了。」

阿瑪提的提議讓羅倫斯吃了一驚。阿瑪提見狀，笑著繼續說：

「我們屬於同一家公會，這正是神的指引吧。只要請有生意往來的旅館幫忙，對方應該能夠空出一間房間來。如果帶著女性旅伴請洋行幫忙安排旅館，一些老面孔的人會很囉唆吧。」

「是的，您說的一點也沒錯。只是，這樣麻煩您好嗎？」

「當然。畢竟我也是個商人，我是為了做生意才這麼提議的。也就是說，我希望您能夠在下榻的旅館裡，多多享用美味的鮮魚。」

阿瑪提年紀輕輕就能夠擁有三輛馬車數量的魚交易量，果然不是個平凡人物。

所謂圓滑周到，指的就是這麼回事。

羅倫斯帶著一半懊悔、一半感謝的心情回答：

「您果然很有生意頭腦。可以請您幫忙安排嗎？」

「好的，請交給我來處裡。」

阿瑪提笑著說道，只有一瞬間，他的視線從羅倫斯身上移開了。

雖然羅倫斯假裝沒發現，但是他知道那視線一定是移向了赫蘿。

羅倫斯心想，或許阿瑪提並非為了多做一點生意，而是為了在赫蘿面前表現出好的一面才會如此提議。

看到如此事態，與赫蘿一同旅行的羅倫斯不禁產生一些優越感。不過，他知道如果腦中想著這些有的沒的多餘事，肯定會被赫蘿捉弄。

羅倫斯從腦海中揮去多餘的想法，心無旁騖地與眼前這個年輕的優秀商人建立深交。

在那不久後，羅倫斯一行人在夕陽西下時分，抵達了卡梅爾森。

餐廳裡，桌面上以放入鯉魚肉塊與使用根菜類蔬菜熬煮的熱湯火鍋為中心，四周擺了以魚貝類為主的各式各樣料理。

或許多少是受了幫忙安排這家旅館的阿瑪堤是個販魚大盤商的影響，餐桌上的料理與正餐和多以肉食料理為主的南方國家果然大不相同。其中以清蒸的螺肉料理特別引人注目。

由於一般會說海螺是長生不老的藥，而河螺是造成腹痛的原因，因此住在比卡梅爾森更靠近南方地區的人們儘管會食用雙殼貝類，卻不食用螺肉。教會的告示上甚至寫著螺貝裡住有惡魔，並警告人們不要食用。

不過，與其說這是寫在聖經裡面的神明教誨，不如說這是實際警告意味較重的告示。羅倫斯從前也曾經在行商途中，迷路遇上了河川時，因為按捺不住飢餓而吃下螺肉，結果造成劇烈的腹痛。自從有了那次的經驗後，不僅是河螺，就連海螺羅倫斯也不敢碰了。

幸運的是，螺肉料理沒有分成一人份的小盤子送上桌，而且螺肉極其合赫蘿的胃口。

羅倫斯把所有不敢吃的食物都推給了赫蘿。

「嗯……原來貝類吃起來是這樣的味道啊。」

赫蘿一邊讚嘆著，一邊用向羅倫斯借來的小刀尖端一個接一個勾出螺肉往嘴裡送。至於羅倫斯，他則是吃著灑上大量鹽巴的河梭魚。

「妳小心吃太多會肚子痛。」

「嗯？」

「河螺裡面住著惡魔。要是不小心吃到了，下場可是會很慘的。」

赫蘿看著剛剛被她勾出來的螺肉，稍微傾了一下頭後，便把螺肉送進嘴裡。

「汝當咱是誰啊，咱不是只懂得辨別麥子的好壞而已。」

「那妳還說曾經吃了辣椒，下場翻天覆地的。」

羅倫斯的指摘讓赫蘿有些生氣。

「再怎麼厲害也無法只靠外觀辨別味道。那東西紅通通的，看起來就像成熟的果實唄。」

赫蘿一邊說話，一邊挖出螺肉，她時而啜飲杯中飲品，然後用力地閉上雙眼。

因為這一帶沒有教會的嚴厲監視，所以被教會視為禁酒而無法公然販賣的蒸餾酒，也是隨處可以看到影子。

赫蘿與羅倫斯手中的杯子裡，裝的是顏色接近透明、被稱為燃燒葡萄酒的酒。

「要不要幫妳叫杯甜酒？」

「……」

赫蘿沒出聲地搖搖頭，她那用力閉上雙眼的模樣，不禁讓人覺得如果脫去她的長袍，肯定會看見膨脹起來的尾巴。

赫蘿總算嚥下酒後，嘆了口長長的氣，跟著用袖口擦拭眼角。

喝著被稱為撼動靈魂之酒的赫蘿當然不是打扮成修女的模樣。她是打扮成頭上綁著三角頭巾的城市女孩模樣。

用餐前，羅倫斯與換好衣服的赫蘿一同前去再次感謝阿瑪堤時，他當時的表情說有多沒出息就有多沒出息。不僅是羅倫斯，就連在一旁看著的旅館老闆也忍不住笑了出來。

而赫蘿本人卻像是要加重她的罪行似的，比往常更帶勁地假裝出淑女模樣向阿瑪堤致謝。

如果看了赫蘿現在這副吃喝相，想必阿瑪堤會當場美夢幻滅吧。

「……吸。好懷念的味道吶。」

不知道是酒太強烈了，還是思鄉情緒使然，赫蘿眼中泛著些許淚光這麼說道。

的確，越往北方走，撼動靈魂的酒就越多。

「酒精濃度這麼高的蒸餾酒，像我喝了也不懂味道。」
吃膩了貝類的赫蘿偶爾會吃起烤魚或燉魚料理，她開心地回答說：
「模樣或形狀過了十年就會被遺忘，但是東西的味道或氣味即使過了好幾十年，也不會輕易地被忘掉。這種酒的味道令咱懷念，很像約伊茲的酒。」
「畢竟北方的烈酒比較多。妳以前都是喝這樣的烈酒啊？」
羅倫斯先看看杯中的酒，再看看赫蘿說道。嘴角沾了一小塊烤魚的赫蘿一臉得意地開口說：
「品格高尚的賢狼不適合喝甜酒唄？」
雖然羅倫斯心想別說甜酒了，赫蘿的少女模樣看起來更適合喝蜂蜜牛奶，但是他還是輕輕笑笑表示贊同。
想必酒的味道勾起了赫蘿對故鄉的懷念。
雖說這是一頓許久不曾吃到的美食佳餚，但是讓赫蘿展露開心笑臉的原因並非只是如此。
因為一件意料外的事情，讓赫蘿深刻感受到自己越來越接近故鄉約伊茲。她就像少女收到出乎預期的禮物般，表露真心的喜悅。
然而，羅倫斯卻不由得從這般模樣的赫蘿身上別開視線。
羅倫斯並非擔心自己看赫蘿看得出神，會惹來赫蘿的譏笑而別開視線。
對於約伊茲老早以前就已經滅亡的傳言，羅倫斯一路以來都隱瞞著赫蘿沒說。因為這個事實，讓赫蘿想起故鄉而感到開心的天真笑容在羅倫斯眼裡，變成了刺眼的烈陽。

儘管如此，羅倫斯依然不願意破壞難得的愉快用餐氣氛。

為了不讓赫蘿識破心聲，羅倫斯變換情緒，並露出笑臉對著伸手拿取燉鯉魚的赫蘿說：

「看來，燉鯉魚很合妳的口味呢。」

「嗯，煮過的鯉魚……竟然這麼好吃。再來一碗。」

因為燉鯉魚的料理是用大鍋子盛上桌，赫蘿的手搆不著，所以都是羅倫斯幫她盛取。羅倫斯每幫赫蘿盛一次，他的木盤上就會多出洋蔥。看來，就算是煮過的洋蔥，赫蘿似乎也不敢吃。

「妳是在什麼地方吃過鯉魚啊？應該很少有地方會吃鯉魚吧？」

「嗯？在河裡。因為鯉魚的動作笨拙，兩三下就捉到了。」

原來如此，赫蘿一定是在狼模樣時抓魚的吧。

「我沒生吃過鯉魚，好吃嗎？」

「魚鱗會夾在牙縫裡，而且魚刺太多。咱經常看見小鳥一口吞下整條小魚，還以為很好吃吶。生魚不合咱的胃口。」

羅倫斯不禁想像起抓住碩大的鯉魚，然後發出咯吱咯吱聲響，從魚頭咬起鯉魚的赫蘿模樣。

鯉魚以長生出名，教會除了稱鯉魚為聖魚之外，也稱之為惡魔的手下。因此，只有在北方地區才會食用鯉魚。

的確，若是在這個會有像赫蘿般的狼出沒的北方地區，還對壽命稍微長了些的鯉魚抱有敬畏之心，或許顯得有些愚蠢。

「人類料理的食物果然很好吃。不過，不僅是手藝好，挑選過的魚每一條都很新鮮。那個叫做阿瑪堤的小伙子挑魚的眼光挺不賴。」

「他年紀很輕。而且，他交易的魚數量也挺驚人的。」

「這麼一比下來，汝馬車上載的貨物是什麼啊？」

赫蘿的視線突然變得冷漠。

「嗯？那是釘子。像這張桌子……沒用到啊。」

「咱當然知道是釘子。咱的意思是要汝採買一些更光彩炫目的商品。還是說，汝被留賓海根的失敗經驗給嚇倒了啊？」

羅倫斯聽了，雖然覺得有些生氣，但是赫蘿指摘的內容是事實，害他無法反駁。

羅倫斯因為自己貪得無厭，以兩倍財產的驚人金額買下兵備，結果面臨破產的危機，差點就得當個奴隸直到死去。不僅如此，羅倫斯還給赫蘿添了麻煩，讓赫蘿嚐盡恥辱。

因為這種種緣故，羅倫斯最後在留賓海根採買了釘子。採買金額約四百枚崔尼銀幣。這算是相當保守的採買，羅倫斯的手頭也因此剩下不少現金。

「雖然商品沒那麼搶眼，但應該會有不差的利潤。而且，馬車上也不盡是一些不光彩炫目的東西。」

赫蘿一邊像隻野貓一樣叼著河梭魚的魚骨頭，一邊稍微傾頭看向羅倫斯。

羅倫斯想到了一句不錯的台詞。

他輕輕咳了一下，開口說：

「我的馬車上有妳啊。」

雖然這句話聽來或許造作，但是羅倫斯自覺這話說得漂亮，不禁笑了出來。

然而，羅倫斯邊笑邊喝著葡萄酒，並看向赫蘿時，卻發現赫蘿停止了手中的動作，一臉無奈的模樣。

「……反正，汝的程度頂多就是這樣唄。」

然後，赫蘿這麼說罷，便嘆了口氣。

「妳體貼我一點又不會少塊肉！」

「一旦對雄性太溫柔，雄性一下子就會得意忘形起來。如果讓對方食髓知味，被迫反覆聽同樣的話語，那教人怎受得了。」

「唔……」

羅倫斯心想再不吭聲不行，於是反駁說：

「好吧，那這樣我以後——」

「大笨驢。」

羅倫斯的話被打斷了。

「雄性表現溫柔值多少錢？」

「……」

羅倫斯皺眉悶頭喝酒，但是狩獵的狼卻不放過他。

「而且，咱如果一副垂頭喪氣的樣子，汝就會想要對咱溫柔唄？」

看著赫蘿露出天真的笑容這麼說道，羅倫斯已無計可施了。

赫蘿太狡猾了。

羅倫斯用懷恨的眼神看向赫蘿，赫蘿見狀隨即露出可掬的笑容。

等到吃完睽違已久的像樣晚餐，並回到旅館房間裡時，旅館外的街道總算也安靜了下來。

雖然羅倫斯等人抵達卡梅爾森時已經是黃昏時分，但是城裡的混亂程度卻遠遠超出羅倫斯的想像。

如果沒遇上阿瑪堤，羅倫斯肯定得前往洋行，請洋行幫忙安排旅館了。不僅如此，或許還會落得借住洋行房間的下場。

卡梅爾森的街上處處排列著不知是仿造何物的麥草玩偶、以及木頭雕刻物，不僅在大街上，就連狹窄的小巷子裡也都看得到樂隊或小丑帶著觀眾繞來繞去。

位於卡梅爾森南端的大廣場上，大幅度延長營業時間的市場仍開放著，整個廣場充斥著與大市集之名相襯的活力。不僅如此，就連平常不被允許零售商品的工匠們，也在市場外的大街旁設起了攤位。

羅倫斯打開木窗想要冷卻一下喝了烈酒而發燙的身體，在美麗月光的照射下，羅倫斯看見有幾家攤販正在收攤。

阿瑪堤為羅倫斯兩人安排的旅館是卡梅爾森裡數一數二的高級旅館，那是羅倫斯平時絕對不會選擇投宿的旅館。兩人的房間位於旅館二樓，並面向從市中心通往南北兩方的大街，旅館位置就在延伸至東西兩方的大街十字路口附近。依赫蘿所願，房間裡有兩張床。不過，羅倫斯不禁猜疑這有可能是在阿瑪堤的堅持之下，硬是安排了兩張床的房間。

雖然這樣的猜疑讓羅倫斯有些優越感，但至少阿瑪堤幫忙安排房間的事讓他心存感激，於是他把視線移向窗外，決定不再胡亂猜疑。

寬敞大街上的行人們個個步履蹣跚。

羅倫斯一邊輕笑，一邊回過頭一看，他發現屋內的赫蘿一副喝得不過癮的模樣盤腿坐在床上，正把酒往木杯裡倒。

「妳啊，明天要是一副痛苦難耐的模樣，我也不會理妳。妳難道忘了那次在帕茲歐被宿醉給害慘了嗎？」

「嗯——？放心吶。好酒不管喝再多，也不會留下後遺症。不過，如果不喝，咱的心會留下後遺症，怎能不喝吶。」

倒好酒後，赫蘿開心地喝了一口，並咬著晚餐沒吃完的鱒魚乾。

羅倫斯心想如果就這麼放縱赫蘿，她一定會一個人開心地吃吃喝喝直到醉倒為止。不過，對羅倫斯而言，赫蘿的好心情可說求之不得。

這是因為有件事讓羅倫斯感到有些難以啟齒。

羅倫斯之所以會變更幾乎固定每年往返地點的行商路線，在這個寒冬季節來到以往在夏季才會前來的卡梅爾森，不用說當然是為了前往赫蘿的故鄉。

然而，羅倫斯並未細問過赫蘿的故鄉約伊茲位在何方。雖然羅倫斯曾聽過約伊茲這個城鎮名稱，但是那只是在古老傳說中聽過，他並不清楚實際的地理位置。

一路上，羅倫斯之所以沒有詢問詳細的地理位置，那是因為一提到故鄉，赫蘿雖然會因為懷念而一時展露笑顏，但是她立刻會想起無論在時間上、或是地理位置上都與故鄉有著遙遠的距離，而顯得哀傷。

雖然羅倫斯自覺沒出息，但是光是這個理由就足以讓他猶豫該不該提起故鄉的話題。

不過，羅倫斯心想趁現在提起故鄉的話題，赫蘿應該不會太感傷才是。於是，羅倫斯下定了決心，他在靠牆的書桌上坐了下來後，開口說：

「對了，在妳醉倒以前，我想先跟妳說一件事。」

赫蘿暴露在外的耳朵和尾巴立刻有了反應。

她的視線慢了一步看向羅倫斯。

「什麼事？」

聰明的賢狼似乎從羅倫斯的語調中察覺到，羅倫斯並非想與她閒話家常。赫蘿的嘴角浮起淺笑，明顯說出她現在的好心情。

羅倫斯緩緩張開沉重的雙唇說：

「是有關妳故鄉的事。」

聽到羅倫斯這麼切入話題，赫蘿突然沒出聲地笑笑，跟著喝了口酒。

羅倫斯本以為赫蘿一定會露出認真的表情，她的反應讓羅倫斯感到意外。

羅倫斯才想著赫蘿該不會是喝醉了吧，赫蘿便咕嚕一聲地吞下酒說：

「汝果然不知道在哪裡。咱多多少少也猜到了，一直擔心不知道汝什麼時候才會開口問。」

說著，赫蘿一邊笑看自己映在杯中的臉，一邊輕輕嘆了口氣說：

「反正汝一定以為只要提到約伊茲的話題，咱又會難過是唄？咱看起來有那麼脆弱嗎？」

羅倫斯原本打算指摘赫蘿因為夢見故鄉而哭泣的事，卻又想到赫蘿自己應該也明白這點。赫蘿的尾巴看似開心地搖擺著。

「不會，完全不會。」

「大笨驢，這種時候應該說『會』才對唄。」

赫蘿似乎得到了她所期待的答案，她顯得更開心地搖擺著尾巴。

「汝真是會在意一些奇怪的地方吶。汝好不容易說出這個話題，一定也是看到咱晚餐時的反應後，覺得沒問題才開口的唄?真是的……這個爛好人。」

邊喝酒邊說話的赫蘿難為情地笑笑。

「對咱來說，汝的體貼也不是什麼不開心的事。不過吶，應該是說汝那蠢樣讓人看了覺得有趣。如果汝一直沒開口問，到了北方後才發現走錯了地方，到時汝打算怎麼辦？」

羅倫斯只是聳了聳肩回應這個問題，他趕緊說出自己的目的：

「為了怕一副蠢樣的我會走錯路，可不可以告訴我約伊茲的位置。」

赫蘿喝了口酒，停頓了一下。

然後，嘆了口又細又長的氣。

「老實說，咱也不是記得很清楚。」

像是要堵住羅倫斯說出「別開玩笑了」的話語似的，赫蘿接續說：

「如果要說方向，咱立刻就能夠知道。就在那邊。」

羅倫斯看向赫蘿迅速指出的方向，他立刻明白了赫蘿所指的是北方。

「可是，咱完全不記得越過了幾座山頭、幾條河川，走過了多少草原。咱心想只要到了附近，自然就會想起來。這樣不行嗎？」

「妳沒有任何可以知道位置的線索嗎？道路又不是直直地向前延伸，而且到了北方，也很難找到可靠的地圖，有些地方甚至不繞遠路就到不了。妳記不記得哪些地方的城鎮名稱？我們也可以拿這個當線索。」

赫蘿默思了一會兒後，用食指按住太陽穴說：

「咱記得的城鎮名稱有約伊茲和紐希拉。還有……唔、什麼來著……皮……」

「皮？」

「皮列、皮洛……對了，皮洛摩登。」

看著赫蘿像是取出卡在胸口的東西似的開心表情，羅倫斯傾頭說：

「沒聽過有這樣的城鎮。還有其他的嗎？」

「唔——當時是有好幾個城鎮沒錯，可是不像現在這樣各有名稱。大夥兒只要說在山的另一頭，就能夠知道位置了。沒必要取名字唄。」

的確，羅倫斯第一次到北方各地行商時，也好幾次為此驚訝。當羅倫斯到了某個城鎮，才發現只有旅人知道城鎮的名稱。城鎮的居民或是住在附近的人們，都不知道城鎮名稱。

羅倫斯還遇到個老人說如果給城鎮取名，就會被壞神明盯上。

所謂的壞神明指的一定是教會吧。

「那麼，就以紐希拉為據點來找好了。如果是紐希拉，我還知道位置。」

「好令人懷念的名字吶，那裡還會湧出熱水嗎？」

「我聽說儘管那裡是異教徒的城鎮，仍然有許多大主教和國王不惜長途跋涉，還滿懷感激地偷偷跑去泡熱泉。有謠言說，因為紐希拉有溫泉，所以能夠免於受到異教徒討伐軍的攻擊。」

「畢竟只有那裡的熱泉不屬於任何人的地盤吶。」

赫蘿笑著說道，跟著說了句「那這樣」，並輕輕咳了一聲。

「如果這裡是紐希拉，就會在那邊。」

赫蘿所指的方向是西南方。看見赫蘿沒有指向更北方，老實說羅倫斯鬆了口氣。

如果是在比紐希拉更北方的位置，將會是一些就算到了夏天，也不會融雪的地區。

然而，光是知道在紐希拉的西南方，範圍還是太大了。

「從紐希拉到約伊茲要多久？」

「以咱的腳程來說兩天。人類的話……不知道。」

羅倫斯記起在留賓海根附近時，坐在赫蘿背上的記憶。想必赫蘿一定能夠以輕快的腳步走過沒有道路的地方吧。

這麼一來，以紐希拉為起點的調查範圍果然相當大。想要在其中找出一個城鎮，甚至有可能是一個小村落的約伊茲，簡直跟在沙漠裡尋找一根針沒兩樣。正因為羅倫斯是在散佈於廣大世界的城鎮之間行走的旅行商人，所以他更懂得其困難度。

而且，在羅倫斯聽來的古老傳說中，有提到約伊茲被熊怪毀滅了。

萬一這個古老傳說是真的，那絕對不可能找到好幾百年前就已滅亡的城鎮遺跡。

羅倫斯並非能夠玩樂度過終生的貴族。偏離原有的行商路線，在其他地區流連的日子頂多只能夠撐得半年。而且，在留賓海根的失敗經驗，使得羅倫斯距離在城鎮擁有商店的夢想又更遠了，這也使得他更沒有時間拖拖拉拉。

就在羅倫斯想著這些事情時，忽然浮現在腦海的話語很自然地脫口而出：

「妳可以自己一人從紐希拉回去嗎？妳知道方向吧？」

如果說紐希拉到約伊茲的距離只需兩天左右的時間就可以抵達，那麼就如赫蘿自己說的，只要到了附近，她一定會想起來吧。

因為這樣的想法，所以別無他意的羅倫斯不經意地說出剛剛的話。然而，話一出口，羅倫斯便發現自己的失言。

因為赫蘿正一臉愕然地看向羅倫斯。

羅倫斯臉上浮現驚訝之情的同時，赫蘿也別開了視線。

「對、對啊。只要到了紐希拉，咱一定會想起回到約伊茲的路唄。」

說著，赫蘿的臉上掛起了牽強的笑容。羅倫斯心想「這是怎麼回事啊」，跟著「啊」的一聲叫了出來。

赫蘿在河口城鎮帕茲歐時，曾經說過孤獨會要了人的命。

孤獨是這麼地教赫蘿感到害怕。儘管羅倫斯沒有惡意，但是赫蘿仍有可能往壞的方向思考。況且，赫蘿還喝了不少酒。

說不定，赫蘿解讀成羅倫斯開始不耐煩於尋找她的故鄉了。

「等一下，妳別往壞的方向想啊。如果只要兩天就到得了，那我可以在紐希拉等妳。」

「嗯，這樣就夠了。汝會帶咱到紐希拉唄？咱還想再多看一些不同的城鎮吶。」

這對話雖然漂亮地銜接了起來，卻教羅倫斯掃興。羅倫斯只覺得這是赫蘿靠她的機靈反應讓對話順利銜接上。

儘管表面上順利銜接了對話，表面下卻有了分歧。

赫蘿離開故鄉已經長達好幾百年之久。就像羅倫斯聽來的古老傳說般，赫蘿一定也想到了約伊茲已經不存在的可能性，就算她沒有這麼想，但她經歷的歲月之漫長，足以讓這世界起了很多巨大變化。想必赫蘿內心一定感到極度不安。

赫蘿一定是害怕獨自前往故鄉。

因為酒的味道而想起約伊茲時，赫蘿會露出天真笑容，或許正是她不安的相反表現。

只要稍微思考一下，就能夠明白赫蘿這樣的心態。羅倫斯為自己粗心大意的發言感到後悔。

「聽好，我會盡我所能地幫助妳。我剛剛說的話是──」

「咱不是才說過雄性表現得溫柔值多少錢吶。汝啊，別太體貼吶，咱會很困擾的。」

赫蘿臉上的牽強笑容加上了困擾的表情，她把手中的酒杯放到床底下說：

「咱真是糟糕吶，老是以自己的標準來衡量事物。畢竟咱只要眨一下眼睛，汝等人類就會老去。咱老是記不得在如此短暫的人生中，一年當然很重要的事實吶。」

木窗投射進來的月光籠罩著赫蘿的身軀。霎那間，那模樣像極了幻影，讓羅倫斯猶豫著不敢靠近。他擔心只要一靠近，赫蘿便會如霧團散去般消失。

赫蘿抬起自放下酒杯後就一直垂著的臉，她臉上果然還是掛著困擾的笑容。

「汝真的是個爛好人，這種表情教咱很困擾吶。」

這種時候究竟該說什麼才好？羅倫斯的腦海裡浮現不出適當的話語。

此時此地，兩人之間顯然有了分歧。

然而，羅倫斯卻找不到補救這個分歧的話語。就算臨時編造謊言，對赫蘿來說也是無用。

而且，最重要的是赫蘿的話語使得羅倫斯更難以啟齒。羅倫斯說不出「無論花多少年的時間，我都會找到約伊茲並帶妳去」這樣的話。商人是太過現實的生物，現實得無法說出這樣的台詞。對羅倫斯而言，走過好幾百年歲月的赫蘿是太遙遠的存在。

「是咱忘了理所當然的事情。因為在汝的身邊感覺太舒適了，一不小心……就撒起嬌來。」

赫蘿靦腆地笑著說道，她的耳朵難為情地微微顫動著。如少女般的發言有可能是出自赫蘿的真心。

然而，羅倫斯聽到這番話，卻是一點也不開心。

因為赫蘿的話簡直像在告別似的。

「呵，咱好像喝醉了。不趕緊睡，不知道還會說出什麼話來。」

赫蘿並沒有陷入沉默，她那自顧自的饒舌模樣，反而更讓人覺得她在逞強。

儘管如此，羅倫斯最後還是沒能夠向赫蘿搭話。

羅倫斯能夠做的，僅有在變得一片寂靜後，留意著不讓赫蘿獨自收拾行李離去。雖然他心想應該不會發生這種事，但又覺得赫蘿像是會做出這種事的人。

然而，羅倫斯對只能夠留意不讓這種事發生的自己感到沒出息，不禁想大聲怒罵自己。

夜晚無聲無息地加深。

關上的木窗外傳來了醉漢的笑聲，羅倫斯聽了卻是倍感空虛。

第二幕

據說，無論發生多麼令人擔憂的事情，商人到了晚上仍然睡得著覺。

羅倫斯明明一直擔心著赫蘿會不會獨自離去，但是當他回神時，木窗外已經傳來了鳥鳴。

羅倫斯雖然不至於失態地從床上慌張跳起，但是當他把視線移向隔壁床鋪，確認了赫蘿沒有離開後，隨即放心地嘆了口氣。

羅倫斯走下床，打開木窗探頭出窗外。屋子裡固然十分寒冷，但是戶外的清晨空氣更是嚴寒，羅倫斯吐出來的氣息顯得比煙霧更白。

不過，窗外的天空一片清澈亮麗，是個猶如水晶般的早晨。

旅館正面的大街上已見人影出現。羅倫斯看著比以早起為傲的旅行商人更早起床的城鎮商人們，在腦海裡一一確認今天一整天的預定行程後，說了句「好！」讓自己提起幹勁。

羅倫斯心想，雖然不是刻意彌補昨天的失敗，但是為了能夠與赫蘿一起盡興地享受從明天開始的祭典，最好能在今天內搞定瑣事。

「首先，得賣了從留賓海根運來的貨品。」——羅倫斯這麼想著，並回頭看向屋內。

雖然事情才過了一天，羅倫斯還是覺得心情有些沉重，但是他打算叫醒仍然睡得不醒人事的夥伴，於是走近床邊，這時他忽然皺起了眉頭。

因為赫蘿經常跟貴族一樣睡到中午，所以赫蘿仍在睡覺這件事並沒有讓羅倫斯在意，但是他忽然察覺到了一件事。

赫蘿沒有發出她睡覺時總會發出的少根筋鼾聲。

羅倫斯心想「該不會……」於是把手伸向前，赫蘿似乎察覺到了，她身上的棉被動了一下。

羅倫斯輕輕掀開棉被。

隨即嘆了口氣。

棉被底下露出了赫蘿的臉，她臉上的表情比被拋棄的小貓更脆弱。

「妳又宿醉啦？」

因為搖晃頭部就會感到頭疼，所以赫蘿只是緩緩地動了動耳朵。

雖然羅倫斯很想說上幾句教訓赫蘿，但是他想起昨晚發生的事，便把話吞了回去。再說，羅倫斯也不認為赫蘿聽得進去。

「等會兒我會準備好水壺，還有以防萬一的桶子，妳就乖乖地睡吧。」

羅倫斯刻意加重語氣在「乖乖地」三個字上，但是赫蘿還是只能夠虛弱地動動耳朵。

就算說破了嘴，赫蘿也不可能乖乖聽話。不過，看她這麼痛苦，應該不至於拖著身子外出吧。所以羅倫斯不在的時間，赫蘿不可能收拾行李離去。想到這點，羅倫斯不禁有些鬆了口氣。

當然，羅倫斯也想到了這可能是赫蘿的演技，但是他覺得就算演技再好，也不可能連氣色都改變得了。

羅倫斯仔細地思考著這些事情，他沒對赫蘿多說話，便動作迅速地做好外出準備。羅倫斯再度走近甚至無法翻身的赫蘿，對著她說：

「祭典明天才會正式開始，妳不用著急。」

赫蘿那遠超過痛苦、看來奄奄一息且顯得沒出息的臉，頓時浮現了放心的神情。羅倫斯看了，不禁笑了出來。

對赫蘿而言，祭典似乎比宿醉的難受更教她在意。

「我會在中午左右回來一下。」

赫蘿的耳朵沒有動，她對這句話似乎不太感興趣的樣子。

赫蘿如此直接的反應讓羅倫斯不禁苦笑，這時，赫蘿緩緩睜開眼睛，嘴角浮起笑容。

赫蘿剛剛似乎是故意的。

羅倫斯聳了聳肩後，便用棉被蓋住赫蘿的頭。他心想，赫蘿這時一定在棉被底下笑他吧。

雖然被笑，但是昨晚的不愉快氣氛沒有延續到今天，讓羅倫斯鬆了口氣。

在離開房間前，羅倫斯回頭再次看向赫蘿，露出棉被外的尾巴前端像在揮手似地甩了兩次。

回來時買些好吃的食物給赫蘿吧。

羅倫斯這麼想著，同時靜靜地關上房門。

基本上，無論在哪個城鎮，統治者都不太贊同人們在市場開放的鐘聲響起前做生意；尤其是在市場裡做生意更是不被允許。

然而，這樣的規定依時間和場合的不同，有時並沒那麼嚴格。

卡梅爾森在大市集的期間內，為了緩和市場開放後的擁擠，反而會半鼓勵人們在非開放時間做生意。

因此，在太陽剛剛從建築物後方緩緩升起的一大清早裡，就已經有很多商人在面積佔了卡梅爾森南側廣場一半以上的市場裡忙碌地工作著。

市場裡可看到木箱和麻袋堆放在角落，以及豬或雞等家畜被綁在這些貨物與攤販之間的微小空間。還有，因為在遠離海洋的這個地區裡，卡爾梅森是最大的魚類出貨城鎮，所以也看得到活魚在像阿瑪提昨天運送的那種巨大桶子裡游來游去。

就如赫蘿看見成排的食物攤販時會靜不下心來一樣，羅倫斯看著市場裡的林林總總商品，心情很自然地也隨之興奮起來。

如果把那件商品運到某某城鎮會有多少利潤？或者那件商品的數量會這麼多，就表示某某地區的供應量過多，所以價格應該變低了吧？諸如此類的想法不斷地在羅倫斯的腦中浮現。

羅倫斯初成為旅行商人時，因為幾乎不了解所有商品的價格高低，所以只能夠在市場裡東奔西竄。不過，現在的他能夠立刻知道各種事情。

一旦完全掌握了如網子般密密麻麻的商品關係圖，商人就成了鍊金術師。

羅倫斯不禁有些陶醉在這句聽來帥氣十足的形容之中，但是他想起在留賓海根的失敗，臉上浮現苦笑。

總是貪心地看著上方，腳下就會不小心踩空。

羅倫斯深呼吸一下讓輕浮的心情沉靜下來後，重新握住轡繩往市場裡面前進。羅倫斯總算來到的攤販與其他攤販一樣，一大清早就進行著商談。攤販老闆是個與羅倫斯相差一歲的商人，他原本與羅倫斯同樣是旅行商人。不過，現在的他在市場裡擁有一家架有屋頂的攤販，儘管規模不大，卻十足是個住在城裡的小麥商人。對於這點，無論是攤販老闆本人，還是其他人都認為是受到幸運女神的眷顧。說到這地區的城鎮商人特徵，就是修剪臉上的鬍鬚讓自己看來像個方臉，而攤販老闆臉上的鬍鬚看來也十分有模有樣。

這位名為馬克·柯爾的小麥商人發現羅倫斯後，瞬間訝異地不停眨眼睛，跟著露出笑容並輕輕舉起手打招呼。

正在商談的對方商人也看向羅倫斯，並點頭致意。因為某個契機認識某個人，就有機會為自己的生意帶來好處；所以，羅倫斯以營業用笑容回應商人，並做出手勢要對方繼續進行商談。

「哩，斯邦狄阿米托。萬特爾傑。」

結果，商談似乎正好結束了。對方商人用羅倫斯聽不懂的語言向馬克搭腔後便離去了。當然，對方準備離去時，並沒有忘了對著羅倫斯露出商人的笑臉。

「哈哈。皮哩傑，巴歐。」

羅倫斯牢牢記住商人的臉，好讓自己在其他城鎮遇到他時能夠認得出來。

這樣的小動作日積月累下來，可以帶來意想不到的利益。

等到看似從北方某處前來行商的那名商人消失在人群中後，羅倫斯才走下馬車。

「我好像打擾了你的商談。」

「哪會。那人正熱心地告訴我皮托拉山神有多偉大的，還好你來解救了我。」

坐在木頭長椅上的馬克一邊捲起手上的羊皮紙一邊說道，然後一副受夠了的模樣笑笑。

馬克與羅倫斯同樣是屬於羅恩商業公會的商人。兩人每年都在同個時期前來同個市場行商，因而結識。因為兩人在彼此都是新手時，就已經互相認識，所以用字遣詞上不會顯得太客套。

「早知道就不要學他們的語言了。雖然那些傢伙的本性並不壞，但是一知道對方懂得他們的語言後，就會非常熱心地宣揚土地之神的恩惠。」

「比起不肯從金碧輝煌的神殿踏出一步的神明，說不定土地之神給的恩惠會比較多。」

羅倫斯說道。馬克聽了用捲起的羊皮紙敲敲頭，輕快地笑答：

「哈哈，肯定是這樣沒錯。而且，聽說豐收之神多半都是美女呢。」

羅倫斯的腦海裡浮現了赫蘿的臉，他一邊笑，一邊點頭贊同。

只是他並沒有把「不過，個性都不好吧」的內心話說出口。

「那麼，別再說這些有的沒的了，免得被我老婆罵，還是談談生意好了。你應該是來談生意的吧？」

馬克原本閒話家常的表情轉為商談用的表情。儘管彼此是用字遣詞上無需客套的關係，但終究是站在商人立場上做盤算的人際關係。羅倫斯也露出嚴肅表情開口說：

「我從留賓海根運來了釘子，想問你要不要買？」

「釘子？我們家是小麥店。你是在哪裡聽到有人把釘子釘在小麥的袋子上嗎？」

「我在想為了備齊漫長冬季所需的物品，應該會有很多客人從北方前來。我只是想到你在賣小麥時，或許可以順便賣賣釘子。為了做好防雪對策，釘子是修補房子的必需品吧。」

馬克的視線在空中繞了一圈後，停留在羅倫斯的身上。

「的確是有需求，可是釘子啊……數量是多少？」

「三帕特長的有一百二十根、四帕特有兩百根、五帕特同樣是兩百根。在品質方面，有留賓海根的鐵匠公會附上的品質保證書。」

馬克用捲起的羊皮紙搔搔臉頰後，輕輕嘆了口氣。城鎮商人總是習慣這樣吊人胃口。

「十盧米歐尼半我就跟你買。」
「盧米歐尼的行情怎樣？以崔尼銀幣來算。」
「昨天市場結束時正好是三十四枚。也就是……三百五十七枚吧。」
「太便宜了。」
這金額比羅倫斯的採買金額更低。聽到羅倫斯當場做出的反應，馬克皺起了眉頭說：
「你沒聽說兵備價格暴跌的消息嗎？今年因為取消了北方大遠征，所以劍和鎧甲都被賤價賣出。也就是說，被鎔掉的鐵變多了，釘子的行情應該也下跌了吧。就是十盧米歐尼都嫌高呢。」
羅倫斯早料到馬克會如此反駁，於是他冷靜地回答說：
「那是偏南方地區的狀況吧。就算能鎔的鐵變多，但是為了鎔鐵而使用的燃料價格持續高漲那也沒搭。在這個季節的普羅亞尼如果找得到鎔鐵的地方，我還真想親眼瞧瞧呢。如果有人敢做這種事，他的腦袋應該會劈柴被用的斧頭砍成兩半吧。」
一旦到了冬季，降雪地區的木柴供應便會停擺。因此，必須把無限量的木柴丟入火爐之中，好好加以鎔化的打鐵工作並不會在冬季裡進行。如果在冬季裡打鐵，作為燃料的木柴價格會立刻高漲，也會惹來城鎮居民的怒罵。這麼一來，就算可作為釘子材料的長劍或鎧甲增加了，這附近地區的釘子價格應該也不會變動。
只要是多少有些經驗的商人，當然都擁有這般程度的常識。

果然，馬克不懷好意地笑著說：

「真是的。拜託你別拿釘子來賣給小麥商人好不好？如果是麥子，我還能夠有各種理由殺價，但是說到釘子，就超出我的專業領域了。」

「那這樣，十六盧米歐尼如何？」

「太貴了，十三盧米歐尼。」

「十五。」

「十四又三分之二。」

比羅倫斯矮了些、身材不胖不瘦的馬克表現出無法動搖圓柱般的氣氛。

那是馬克不可能再讓步的表現。

如果太強勢要求會壞了彼此的關係。於是羅倫斯點點頭，並伸出右手說：

「就這個價格吧。」

「哈哈，不愧是我的好兄弟。」

馬克一邊握手，一邊笑著說道。

相信這對馬克來說，也是做了相當讓步的價格。

照理說，馬克以小麥商人的身分經營商店，並不被允許買賣釘子。對於每家商店所販售的商品，依各公會都有其規定。打算販售新商品時，不是得先取得早已在販售該商品的商人們認可，就是得分配利益給這些商人們。

雖然乍看下這像是阻礙商業交易順利進行的不合理規定，但是如果不這麼做，財力雄厚的大商行轉眼間就會吞噬掉整個市場。這個規定為的就是避免這樣的事態發生。

「那，你要付現，還是用記帳的？」

「喔，用記帳的。」

「太好了。這時期很多地方都要求付現，頭痛得要命。」

雖然商人之間可以採用記帳方式或憑單據進行交易，但是對方如果是從村落或城鎮帶著商品前來，並要求支付現金的居民，那就行不通了。

然而，無論哪個城鎮，都有著嚴重的貨幣不足問題。如果沒有可支付的貨幣，儘管擁有採買商品的財力，也做不成生意。對於不識字的農夫來說，單據只能夠用來擤鼻涕罷了。

在荒野上，持劍的騎士是最強的存在；但是在城裡，擁有現金者才是最強的存在。教會的經濟能力之所以變強，或許原因就在此。如果每星期都收得到捐贈金名義的現金，當然會變強了。

「還有啊，記帳是沒關係啦。不過，有件事情想請你幫忙。」

馬克從長椅上站起身子，正準備走近馬車拿取貨台上的釘子。他一聽到羅倫斯說的話，立刻不避諱地露出充滿戒心的眼神看向羅倫斯。

「真的不是什麼大不了的事。我想到北方辦點事，你可不可以幫我問問北方人有關那裡的道路和區域情勢？像剛剛那個客人就是北方來的吧？」

聽到與生意損益無關的請求，馬克明顯露出鬆了口氣的表情。

看著馬克再刻意不過的表情，羅倫斯不禁苦笑。羅倫斯心想，應該是剛剛以有利於自己的價格要馬克買下釘子，所以馬克才會藉此報一點小仇。

「喔，如果是幫這一點忙那就是小事一樁。不過，既然這樣，你應該像每年一樣在夏天前來，才不會那麼辛苦。竟然特地選擇在冬季前往北方，看來是很重要的事情呢。」

「嗯，有點事情要處理。但不是賺錢的事就對了。」

「哈哈哈。即使是不停旅行的旅行商人，看來還是逃不過處世道義。那麼，你是打算前往哪一帶？」

「目的地是一個叫做約伊茲的地方，你聽過嗎？」

馬克傾著頭，巧妙地抬高一邊的眉毛，並把手搭在貨台邊緣上回答說：

「沒聽過。不過，畢竟我們不知道的城鎮或村落多如牛毛。只要找到聽過的人就行了嗎？」

「啊，不不，我打算先前往紐希拉，所以，只要順便幫我問問約伊茲在哪裡就好了。」

「喔，懂了。如果是要去紐希拉，那就得經過多蘭平原囉。」

「和你真是好溝通。」

馬克一邊點頭，一邊拍打胸膛，彷彿在說「放心交給我」似的。如果是馬克，相信他一定收集得到旅行所需的適當情報。

正因為有這份期待，所以羅倫斯才會前來賣釘子給馬克這個小麥商人。不過，在這個忙得天昏地暗的時期，如果只是前來要求幫忙收集情報，不僅會讓羅倫斯感到過意不去，相信馬克也會覺得不愉快。

所以，羅倫斯才會前來賣釘子給身為小麥商人的馬克。羅倫斯十分清楚馬克有配合往來的鐵匠。也就是說，馬克可以直接轉手賣出從羅倫斯手上買來的釘子，想必也可以得到不少利潤。

而且，馬克賣出釘子時，還可以要求對方以現金支付部分貨款。對小麥商人來說，這時期是今年最後的賺錢機會，比起賺取微薄的利益，有辦法取得現金是更令人開心的事。

果然不出羅倫斯所料，馬克很爽快地就答應幫忙。這麼一來，羅倫斯就算是做好了收集旅途情報的準備。

「啊，對了，還有一件事情想問你。你放心，這個馬上就會問完。」

「我看起來有那麼小氣嗎？」

馬克露出苦笑說道。羅倫斯也隨之笑笑，然後開口說：

「卡梅爾森有編年史作家嗎？」

馬克聽了，一臉愕然地說：

「編年史……作家？你是說那些寫城鎮日記寫個不停的傢伙嗎？」

所謂的編年史作家，就是從教會或貴族那裡拿取酬勞，負責撰寫城鎮或地方歷史的作家。

不過，聽到馬克沒好意地稱他們是寫城鎮日記的傢伙，羅倫斯不禁笑了出來。

而且，馬克這個雖然不貼切，卻又不會相差太遠的形容讓羅倫斯覺得十分有趣。

「你這樣說，他們會生氣吧。」

「他們只是一整天坐在椅子上寫字就有錢拿，看了就不順眼。」

「我想，他們應該不願意被你這個在想都想不到的偶然下，就能夠在城裡經營起攤販的人批評吧。」

馬克的偶然經歷在城裡是個有名的故事。

羅倫斯看到馬克似乎找不到話語反駁，於是改以笑臉說：

「那，到底有沒有啊？」

「嗯……好像有吧。不過，還是不要和他們扯上關係的好。」

馬克一邊把手伸向羅倫斯的馬車貨台上，拿起裝有釘子的袋子，一邊接續說：

「聽說他們都是被某地方的修道院視為異端，所以才逃到這裡來。你應該知道這裡有很多這樣的人吧？」

比起正教徒與異教徒的互鬥，卡梅爾森的城鎮建造更重視於經濟發展，而教會權力也自然而然地被排除在城外。因此，有很多自然學者、思想家，以及異端都逃到卡梅爾森來。

「我只是想問點事情而已。編年史作家應該也會收集地方上的古老傳說或神話之類的吧？我想問這方面的事情。」

「你怎麼會對這種事情感興趣？是想找一些去北方時的話題嗎？」

「差不多是這樣啦。所以呢，我想突然去造訪他們應該不太好，你有沒有認識什麼人可以當介紹人的？」

馬克微微傾了一下頭後，單手拿著裝有釘子的袋子回過頭大聲呼喚。

一名少年從攤販裡面堆積如山的麥袋後方走了出來。曾幾何時，馬克已經成了有資格收徒弟的商人。

「有一個人選。同樣是羅恩的人比較好吧？」

馬克一邊把裝有釘子的袋子塞給徒弟，一邊說道。看著這樣的馬克，羅倫斯心中想要早一刻找到約伊茲，恢復原本行商生活的想法越來越強烈。

不過，這種想法被赫蘿識破，事情就會變得棘手，而且自己也不想這麼快和赫蘿分開。

羅倫斯自己都無法整理好如此背道而馳的兩種心情。

如果能夠與赫蘿活在相同時間裡，就是一、兩年不做生意，他也無所謂。

然而，羅倫斯的人生太短暫了。

「怎麼了？」

「咦？啊，沒事。嗯，公會的人比較好。你可以幫我請對方介紹嗎？」

「這點小事當然沒問題，就免費幫你吧。」

馬克說到「免費」時，刻意加重了語氣，羅倫斯聽了，不由得笑了出來。

「要盡快處理嗎？」

「可以的話，盡快。」

「既然這樣，就讓小傢伙先跑一趟好了。有個叫做居伊・巴托斯的老面孔旅行商人應該會在洋行裡。他這人膽子很大，總是和城裡一些最不能扯上關係的人做生意。我記得他和從事編年史作家工作的異端修道士應該有配合往來。每年祭典的前後一個星期，那人就像在放長假一樣。所以，只要在中午左右去洋行，就會看到他醉倒在裡面吧。」

即使是同屬於相同公會的人，有些人和羅倫斯同樣是旅行商人，有些人卻是像阿瑪堤那樣做著和羅倫斯沒什麼關聯的生意。因此，很多時候羅倫斯並不認得工會其他成員的名字和面孔。

羅倫斯覆誦了一遍居伊・巴托斯的名字，讓這個名字烙在他的腦海裡。

「我知道了，感激不盡。」

「哈哈，這樣就被你感激，我哪敢當啊。不說這個了，你會待在城裡到祭典結束吧？走之前到家裡來喝杯酒吧。」

「嗯，我會找機會到你家聽你自誇的，就當作是報恩吧。」

馬克沒出聲地笑笑，並把最後一只裝有釘子的袋子塞給小伙子後，輕輕嘆了口氣說：

「不過，即使成了城鎮商人，還是有數不清的煩惱和辛勞。我經常在想還是回頭當旅行商人好了。」

對於至今依舊是個旅行商人，每天為了擁有商店的夢想而打拚賺錢的羅倫斯來說，他只能夠含糊地贊同馬克的發言。馬克本人似乎察覺到了羅倫斯的心境，他尷尬地笑笑說：「當我什麼都沒說。」

「我們就互相加油吧。商人的煩惱和辛勞永遠不會少的，不是嗎？」

「說的也是，互相加油吧。」

羅倫斯與馬克握手後，見到又有訪客到來，於是離開了馬克的攤販。

馬車緩慢地前進，在進入擁擠人群之中前，羅倫斯回頭看向馬克的攤販。

看著早已忘記羅倫斯的存在、正與新訪客商談中的馬克，羅倫斯不禁羨慕了起來。

不過，即使成了城鎮商人，馬克似乎還會想回頭當旅行商人。

很久以前，有位國王為了改善自國的窘境，而準備向豐饒鄰國挑起戰爭時，有一位宮廷詩人對著國王進言說：

「對於自國的領土，總是會看到壞的一面；而對於鄰國的領土，總是會看到好的一面。」

羅倫斯憶起這段話，稍稍自我反省。

自己老是把注意力放在尋找赫蘿的故鄉，或是因為留賓海根的騷動而距離夢想更遙遠的事實上。但是仔細想想後，就會發現自己擁有了赫蘿這個寶貴的旅伴。

如果沒有遇上赫蘿，現在一定是孤單地承受著孤獨的折磨，在不變的行商路線之間往返吧。而且，在遇上赫蘿以前，還曾經半認真地想過馬兒會不會變成人類與自己說話。這麼一想，也就覺得現狀已算是實現了一個夢想。

未來極有可能會再回到獨自行商的生活。到時候，現在的一切一定會讓人十分懷念吧。

想到這裡，羅倫斯重新握住了韁繩。

羅倫斯心想，利用上午時間前往商行和洋行一一打過招呼後，買頓超級好吃的午飯回去給赫蘿吧。

在沒有教會的卡梅爾森，到了中午時刻，城裡屋頂最高的貴族住家會豪邁地敲響鐘塔上的掛鐘。掛鐘上當然刻有奢華的雕刻圖案，而能夠吸引城裡四面八方視線的鐘塔，則是由一流工匠負責維護。

據說貴族因為愛慕虛榮，而特地建蓋的鐘塔耗資三百盧米歐尼以上。正因為他們會這麼做，所以才夠格稱為貴族；而人們也不會因此心生嫉妒。

在金庫裡藏了大量金幣的大部分富商之所以會遭人嫉妒，或許是因為他們沒有這般玩樂之心。就算是以粗暴出名的騎士，只要懂得揮金如土，也能夠成為城裡的萬人迷。

羅倫斯一邊想著這些事情，一邊打開旅館房間的房門，猛然撲鼻而來的酒臭味讓他不禁皺起了眉頭。

「原來有這麼臭啊……」

羅倫斯暗自後悔起出門前沒有好好漱口，但又想到這臭味多半是仍在睡夢中的狼造成的。

儘管羅倫斯走進了房間，赫蘿仍然沒有要起床的意思。不過，羅倫斯聽見赫蘿像平時一樣發出少根筋的鼾聲，心想或許赫蘿的宿醉好多了吧。

房間裡的酒臭味實在太濃，於是羅倫斯先打開木窗，再走近床邊。他發現擱在床邊的水壺已見了底，而桶子——幸好仍是乾淨的。露出棉被外的臉蛋已恢復了血色。羅倫斯心想沒買下甜蜂蜜餅乾，而改買鮮少購買的小麥麵包是個正確的決定。

赫蘿如果醒來，肯定一開口就會說肚子餓了。

羅倫斯把手上裝有小麥麵包的麻袋湊近赫蘿的鼻子，小小的鼻子便微微顫動。有別於又硬又苦的黑麥或燕麥麵包，香甜柔軟的小麥麵包散發出來的香味，聞起來可口極了。

赫蘿不停嗅著味道，那模樣讓人懷疑起她是否仍睡著。不久後，赫蘿發出「呼啊」一聲，跟著把臉埋進棉被底下。

羅倫斯把視線移向赫蘿的腳邊，他看見露出棉被外的尾巴哆嗦著。
想必赫蘿是打了個大哈欠吧。
羅倫斯稍事等待後，果然看見淚眼婆娑的赫蘿從棉被底下探出頭來。
「嗯……好像聞到很香的味道……」
「感覺好點沒？」
赫蘿揉揉眼睛，再次打了個哈欠，然後像在自言自語似地回答說：
「……肚子餓了。」
羅倫斯按捺不住地笑了出來。
不過，赫蘿一副不感興趣的模樣坐起身子，並再打了一次哈欠。然後，赫蘿用鼻子哼了幾聲，視線隨即不客氣地看向羅倫斯手中的麻袋。
「我就知道妳會這麼說，所以豁出去買了小麥麵包回來。」
羅倫斯一遞出整個麻袋，品格高尚的賢狼當場變成了與香包玩耍的小貓。
「汝不吃嗎？」
赫蘿坐在床邊一邊抱著麻袋，一邊貪婪地吃著雪白小麥麵包的模樣，怎麼看也不像擁有寬懷心胸、願意把袋中物分給別人的樣子。
再說，赫蘿口中雖然這麼說，但是她的眼神卻跟保護獵物不被偷走的獵犬沒兩樣。

赫蘿在吃光麵包之前先這麼詢問，應該是她好不容易才做到的體貼吧。

「嗯，不用，我剛剛先試吃了。」

雖然一般人這時多會猜疑羅倫斯是否說謊，但是能夠識破謊言的赫蘿似乎立刻知道羅倫斯所言屬實。

赫蘿明顯露出鬆了口氣的表情，再次專心地猛咬麵包。

「別噎著了。」

羅倫斯想起遇上赫蘿沒多久後，在教會落腳時，她曾經被馬鈴薯噎著。赫蘿露出厭惡的表情瞪了羅倫斯一眼，而羅倫斯只是輕輕笑笑後，便從書桌上挪開身子，拉出椅子坐下。

書桌上擱著好幾封蠟封過的信件。羅倫斯先到洋行打聲招呼時，收到了好幾封從各城鎮寄來給他的信件。

雖說旅行商人全年過著旅行生活，但因為各季節會在一定的城鎮落腳，所以意外地有很多機會收到信件。

有的信件寫著如果會經過某某城鎮，只要幫忙買來明年用的某樣商品，就願意高價買下；有的則寫著目前某樣商品價格高騰，想詢問當地的價格如何？信件內容可說千般萬樣。

羅倫斯暗自說了句「話說回來」，並陷入了思考。他心想自己每年只會在夏天前來卡梅爾森，在這個即將邁入冬季的時期卻已經有信件寄來，這並不尋常。只要一個不小心，這些信件就

得躺在洋行櫃子裡半年以上的時間。這次的信件上甚至還註明了信件寄達後，如果羅倫斯未在兩周內前來拿取，請立刻寄往南方。然而，想要寄信，理所當然得花上一筆錢。

羅倫斯充分明白這些是十萬火急的信件。

每封信件的寄件人都是住在比普羅亞尼更北方的城鎮商人。

羅倫斯慎重地用小刀刮去臘封，這時忽然察覺到有視線投來，於是抬頭一看，他發現赫蘿正一副很感興趣的模樣探頭看向他。

「是信件啦。」

「嗯。」

赫蘿簡短地回答後，一手拿著麵包，一屁股坐到桌子上。

因為這些不是怕被人看見內容的信件，於是羅倫斯直接打開信封取出信紙。

『給親愛的羅倫斯先生……』

不會以「在神的名下」為開頭語這一點，很有北方人寫信的風格。

羅倫斯跳過前面的客套話，把視線直接落在文章正題上。

羅倫斯的視線追著匆忙之下所寫的潦草筆跡逐一閱讀，瞬間掌握到了信件內容。

信件上確實寫著對商人而言十分重要的情報。

然而，羅倫斯讀了另一封信件，確認上面寫著相同內容後，先是嘆了口氣，然後輕輕笑笑。

「上面寫了什麼?」

「妳猜寫了什麼?」

可能是提出問題卻反被詢問讓赫蘿不高興，她帶點憤怒的視線往空中繞了一圈後，回答說：

「至少不像情書吶。」

羅倫斯心想如果收到筆跡如此潦草的情書，就是百年之戀也會冷卻吧。

羅倫斯一邊遞出信件，一邊再次笑笑說：

「需要的情報總是在不需要時才會收到。」

「唔。」

「他們是出於親切才寄信過來，所以好歹得回個禮。不過，妳說這看了是該哭還是該笑?」

不知道赫蘿是吃飽了，還是全部吃完了，她一邊舔著手指頭，一邊用另一隻手抓住信件讓視線掃過文字。

然後，一臉不悅地把信件塞還給羅倫斯說：

「咱看不懂文字。」

「啊?是嗎?」

羅倫斯有些吃驚地收下信件，赫蘿瞇起眼睛說：

「如果汝是故意這麼說，咱只能說汝的功夫越來越好了。」

「不是。抱歉，我真的不知道。」

為了判斷這句話的真假，赫蘿一直盯著羅倫斯看，然後她別過臉去，嘆了口氣說：

「基本上，得記住的文字種類太多了。還有吶，莫名其妙的組合也太多了。雖然人類會說只要照著說話規則寫字就好，但是這顯然是騙人的唄。」

看來，赫蘿似乎有過想要記住文字的念頭。

「妳是在說子音標記之類的嗎？」

「咱不知道怎麼稱呼，總之就是很複雜的規則。如果要說汝等人類比咱們狼還要優秀，那就是人類懂得使用這些莫名其妙的文字。」

羅倫斯險些脫口問出「其他狼也不會寫字嗎？」但是，他把幾乎到嘴邊的話吞了回去，並表示贊同。

「不過，應該沒有人能夠輕易記住吧。我也是費了好大功夫才記住的。而且，每次我一搞錯，就會被師父打頭呢。害我一直擔心我的頭會變形。」

赫蘿露出懷疑的眼神看向羅倫斯。那表情彷彿在說如果這只是客套的謊言，她會立刻發脾氣似的。

「妳應該看得出來我沒有說謊吧？」

聽到羅倫斯這麼說道，赫蘿總算別開懷疑的視線。

「那，上面到底寫了什麼？」

「喔。上面寫了今年因為取消北方大遠征，所以必須謹慎採買兵備。」

羅倫斯一邊丟出收下的信件一邊說道。赫蘿先是露出愕然的表情，跟著露出苦笑。

「如果早點收到這封信，就不會落得那種下場了唄？」

「沒錯……不過，就結果論來說，寄信的這兩人願意花錢通知情報給我。光是知道這點，就算是賺到了，今後這兩人都值得我信任。」

「嗯。不過，看了信跟沒看信可真是天堂與地獄之別。」

「雖然這一點也不好笑，不過，妳說的還真是對極了。一封信帶來的情報真的會成了命運分岔點。如果商人少了情報，就像被矇住眼睛上戰場一樣。」

「如果說是遮羞，汝倒是很習慣。」

羅倫斯聽到的瞬間，停下手中把信紙收回信封裡的動作，在心裡暗自說「糟了」。

「呼啊。就是捉弄了汝，也揮不掉睡意。」

赫蘿一邊打哈欠，一邊走下書桌往床鋪過去，羅倫斯神情苦澀地目送著赫蘿的身影。這時，赫蘿突然轉過身看向羅倫斯說：

「對了，汝啊。可以去看祭典了唄？」

赫蘿伸手拿起隨手脫在床上的長袍，她那炯炯有神的雙眼彷彿快要射出光芒來。看著赫蘿的模樣，羅倫斯雖想帶她出門，但是很遺憾的，羅倫斯還有事情沒辦完。

「抱歉，還不……」

羅倫斯之所以沒能夠把話說完，那是因為他看見赫蘿瞬間露出快要哭出來的表情，手中緊握著長袍。

「拜託妳，就算是開玩笑，也別這樣好嗎？」

「汝果然是對這種事沒輒，咱得牢牢記住這點。」

儘管羅倫斯識破了赫蘿的演技，卻無法反駁赫蘿說的話。

羅倫斯一邊心生疲憊地想著又被赫蘿知道了一項弱點，一邊重新面向書桌。

「嗯……可是汝啊，咱自己到街上去也不行嗎？」

「就算我說不行，妳還是會去吧。」

「唔，是沒錯啦。可是……」

羅倫斯把信紙收回信封裡後，再次看向赫蘿。他發現赫蘿握著長袍，一副難為情的模樣。

羅倫斯有些難以置信地想著「才說完沒多久，馬上就來這招啊」，但是他立刻察覺到了。

沒帶半毛錢就去參觀祭典，肯定只能夠瞪著成排的攤販，痛苦得生不如死吧。

重點就是，赫蘿想要一些戰鬥資金，只是赫蘿沒有墮落到能夠輕鬆地開口。

「我手頭上剛好沒有零錢……妳可別太揮霍啊。」

羅倫斯站起身子，從綑綁在腰際的皮袋裡掏出一枚伊雷多銀幣，並走近赫蘿交給她。

伊雷多銀幣上頭刻著掌管卡梅爾森的貴族第七代主人肖像。

「這銀幣不像崔尼銀幣的價值那麼高，所以在攤販買一塊麵包也不會遭人白眼。店家會願意找錢的。」

「嗯……」

赫蘿雖然拿到了銀幣，卻仍然回答得吞吞吐吐。羅倫斯的腦海裡下一個浮現的想法，是赫蘿該不會是想要更多的資金吧。

不過，如果羅倫斯被看出懷有戒心，赫蘿一定會巧妙地攻擊他這一點。

於是，羅倫斯努力地偽裝平靜，並詢問說：

「怎麼了？」

「嗯？嗯……」

當赫蘿表現得楚楚可憐時，就得十分注意。

羅倫斯讓自己的頭腦進入商談狀態。

「咱在想，就算自己一個人去，也不好玩吶。」

這一瞬間，羅倫斯的腦袋空轉了。

「汝還有什麼事情得處理呢？如果可以帶咱一塊兒去，銀幣就還給汝。」

「咦？啊，不，這個嘛，我約了人要見面……」

「反正咱只是出去閒逛。如果咱站在旁邊不方便，咱就站遠一點沒關係。所以，可以帶咱一塊兒去嗎？」

赫蘿沒有特別諂媚，也沒有表現得楚楚可憐，她的模樣看來就像很正常地在要求帶她出門。

如果赫蘿是說「帶咱一塊兒去，好嗎？」然後微微傾著頭，那或許會讓人懷疑是演技。

不過，赫蘿這次的要求態度雖然看來正常，卻給人懦弱的感覺。

如果說這是演技，上了當也甘願。

而且，萬一這不是演技，這樣懷疑赫蘿一定會傷了她的心。

「真的很抱歉，就今天一天，妳自己打發時間好嗎？等會兒我得去見個人，透過那人的介紹，說不定會直接去其他地方。如果一起去，幾乎所有時間妳都得在外面等我。」

「嗯……」

「我會在今天處理好所有雜務，從明天開始就可以好好地參觀祭典。所以，就今天一天，忍耐一下好嗎？」

看著赫蘿站在床邊，一動也不動的脆弱模樣，讓羅倫斯不禁以說服一個十歲不到的小女孩般的口吻說話。

而且，羅倫斯似乎也能夠了解赫蘿的心情。

爾森。

羅倫斯自己就是因為不願意獨自參加與冬季大市集一同舉辦的祭典，所以只在夏天前來卡梅爾森。

越是在擁擠得會觸碰他人身體的人群之中穿梭，就越容易深刻感受到孤單一人的寂寞。

那種感覺就像洋行舉辦宴會時，只有自己一人回到供旅人投宿的旅館一樣寂寥。

雖然他也很想帶赫蘿一起去，但是等會兒要辦的事情可不能讓赫蘿在場。

因為等會兒會在居伊·巴托斯的介紹下，與城裡的編年史作家見面。洋行主人對這位編年史作家似乎也有所了解，所以拿取信件時順便打聽了一些事情。果然不出所料，據說這位編年史作家不僅擁有普羅亞尼一帶的史書，也收集了普羅亞尼以北地區的異教故事，並編成書籍。

如果帶著赫蘿去到那裡，萬一發現了有關約伊茲的古老傳說，那可不妙。照以前聽來的傳說，約伊茲早已遭到熊怪毀滅。所以，怎麼想也不覺得有可能發現，事實上約伊茲至今仍是個繁榮城鎮。

雖然心裡明白這件事不可能一直瞞著赫蘿，但是至少得找到適當的機會再告訴赫蘿。畢竟這話題太敏感了。

沉默在羅倫斯與赫蘿之間持續了好一會兒。

「嗯。怎麼說呢，總是妨礙汝工作也不好。而且，咱可不想再被撥開手吶。」

赫蘿顯得特別悲傷的口吻應該是演技吧。

即便如此，在留賓海根不小心撥開赫蘿的手，這件事到現在仍然讓羅倫斯的胸口隱隱作痛。洞察力十足的賢狼是知道這個事實，所以故意說出來的吧。那是因為羅倫斯不肯答應赫蘿的任性要求，所以赫蘿才會藉機報一點小仇。

「我會買個東西回來給妳的，今天就忍耐一下吧。」

「……汝又想拿東西騙咱。」

赫蘿明明露出像是責備的目光，但她的尾巴卻是充滿期待地甩著。

「那，還是妳想聽甜言蜜語呢？」

「哼。汝說的話又澀又酸的，根本不堪入耳。千萬別說唄。」

雖然赫蘿的言語惡毒，但是看她展露笑容不再悶悶不樂，於是羅倫斯乖乖地揮手表示投降。

「反正，咱會自己到處去閒逛的。」

「抱歉。」

羅倫斯說道。赫蘿聽了，像是想到了什麼似地出聲說：

「對了，汝回來時，如果發現房間裡有兩個人，雖然對汝很抱歉，但是汝可不可避開一下？」

羅倫斯聽了，霎時不明白赫蘿的意思，但立刻就察覺赫蘿是指她或許會在街上釣男子回來。

憑赫蘿的器量，要做出這種事似乎沒什麼困難。

然而，羅倫斯不知道自己聽了，應該做出什麼表情來。

應該生氣呢？還是應該笑呢？不對，不理會赫蘿是最好的方法。當羅倫斯這麼察覺時，便見到赫蘿打從心底覺得開心地笑著說：

「能夠看到汝這麼可愛的表情，咱今天一天獨自打發時間也沒問題吶。」

看著開懷大笑的赫蘿，羅倫斯除了嘆氣，還是嘆氣。

這隻狼實在令人火大。

「反正，目前就汝的懷裡最舒適。所以吶，汝儘管放心唄。」

羅倫斯還是說不出話來。

這隻狼實在是、實在是令人火大。

因為時刻已經過了中午，一進到洋行裡，便發現裡頭的人數果然比上午來得多。

卡梅爾森的城鎮商人、或是以卡梅爾森為中心做生意的旅行商人當中，似乎有不少人為了參觀祭典都暫時歇業，人們大白天就在洋行裡飲酒作樂，笑聲充斥著整間屋子。

編年史作家的介紹人居伊·巴托斯似乎沒有像馬克描述的那般醉倒在洋行裡。羅倫斯上午來到洋行露臉時，聽說他出城做生意去了。

向洋行主人一問，才得知他還沒回來。可是，等會兒還得與人見面，所以不能喝酒，這下該怎麼消磨時間才好？

雖然有幾個處境相同的商人也在洋行裡，但是他們不敵現場如酒吧般氣氛的誘惑，都心神專注於撲克牌的賭局，所以也不能隨隨便便向他們搭腔。

最後沒辦法，只好和同樣喝著酒，但不能喝醉的洋行主人閒話家常；聊著聊著，洋行大門打開，又有一人走進了洋行。

因為洋行主人的位置就在正對著入口處的地方，所以立刻就看見了是誰走進洋行來。與其說走進來的是商人，不如以貴族的三公子來形容更貼切，他就是阿瑪堤。

「羅倫斯先生。」

阿瑪堤也立刻發現了羅倫斯的存在，他先向在入口處附近喝著酒的商人們招呼幾句後，便向羅倫斯搭腔。

「您好，謝謝您幫我們安排旅館。」

「不會，我才應該謝謝您們點了那麼多魚料理。」

「我那對吃很挑剔的夥伴讚不絕口呢，她說您很會挑選好魚。」

羅倫斯心想，比起說他覺得魚料理好吃，用赫蘿的名義應該會更具效果。結果事情果然不出他所料。

阿瑪堤的神情不像個商人，而是如少年般散發著光芒。

「哈哈，很高興能夠這麼被誇獎。如果還有什麼想吃的魚儘管吩咐，我明天就去採買最好的魚回來。」

「我的夥伴說鯉魚特別好吃。」

「這樣啊……我知道了，那我再去挑選可以讓她吃得開心的魚回來。」

沒被阿瑪堤詢問自己喜歡吃什麼魚，讓羅倫斯不禁暗自苦笑，他心想阿瑪堤壓根兒沒察覺到這件事吧。

「啊，對了，羅倫斯先生您等會兒有事嗎？」

「我正在消磨時間等巴托斯先生回來。」

「這樣啊……」

「有什麼事嗎？」

阿瑪堤的臉上突然蒙上了一層陰影，說話變得吞吞吐吐。但是他立刻表現得像個終日在魚市場激烈廝殺的商人，下定決心開口說：

「是的，其實我是在想或許我能夠帶兩位到城裡走走。在外出採買的路上能夠與您相遇，我想這一定是神的指引。而且，如果能夠多聽聽旅行商人的意見，想必會是增廣見聞的好機會。」

雖然阿瑪堤表現得十分謙虛，但是羅倫斯當然知道他的目標在於赫蘿。如果阿瑪堤身上像赫蘿一樣有尾巴，不難想像出他用力地甩動尾巴的不鎮定模樣。

這時，羅倫斯想到了個不錯的點子。

「難得您提出這麼好的提議，真的很可惜。我的夥伴赫蘿一大早就吵著想到街上四處走走，所以這實在是個很好的機會。只是……」

阿瑪堤臉色一變說：

「如果您不介意，我可以只帶赫蘿小姐出去走走。老實說，我今天已經沒工作要處理了，正閒得發慌呢。」

「這不太好意思吧。」

雖然羅倫斯不確定自己有沒有順利做出驚訝的表情，但是他心想，阿瑪堤根本就沒注意到他的細微表情變化吧。

阿瑪堤的眼中應該只有赫蘿的身影。

「不會的。如果自己一人到處閒晃，我擔心賺來的錢都會被我喝光。說難聽一點，這樣我正好可以有個伴。就讓我來帶赫蘿小姐出去走走吧。」

「真的可以嗎？不過，那傢伙不是人家叫她待在旅館，就會乖乖待著的人。所以，我不確定她是否還在旅館。」

「哈哈。我正好要和那家旅館商量採購的事，我會露個臉順便問問看，如果赫蘿小姐在，我就約她。」

「真不好意思。」

「不會、不會。不過，下次也要讓我帶您到城裡走走。」

關於這方面的交際話語，阿瑪堤倒是表現得十足像個商人。

雖然比羅倫斯年輕五、六歲左右的阿瑪堤有著不可靠的柔弱外表，但是他的內在想必是個落實的商人吧。

儘管阿瑪堤的注意力全放在赫蘿身上，他卻沒忘了應該有的表現。

就在羅倫斯暗自告誡自己不可掉以輕心時，洋行大門再次打開。

因為與羅倫斯同時把視線移向大門的阿瑪堤說了句「來得正好呢」，所以羅倫斯立刻明白了是誰走進洋行。

「那麼，羅倫斯先生，我先告辭了。」

「啊，好的，拜託您了。」

不知道阿瑪堤前來洋行是沒有其他事情要辦，還是他滿腦子想的都是赫蘿，以致於忘了要辦的事情。阿瑪堤告辭後，便離開了洋行。

雖然留了銀幣給赫蘿，但想必赫蘿現在還賴在床上沒出門吧。

看阿瑪堤那副著迷模樣，相信只要赫蘿開口，阿瑪堤一定會買下所有東西給她，對赫蘿來說，阿瑪堤肯定是個不錯的冤大頭。

雖然這麼一想，不禁有些同情起阿瑪堤；但是看他那副模樣，相信他會很樂意解開荷包吧。

如果可以拿別人的荷包來買得赫蘿的好心情，沒什麼比這更教人開心的了。

但是，很遺憾的，只要在赫蘿面前，腦筋就是沒辦法轉得這麼快。

不用說反應總是慢赫蘿一步，只要她使點小把戲，就會被打個落花流水。

就在羅倫斯想著赫蘿活了那麼久，想要超越她果然沒那麼容易時，和阿瑪堤接棒進來洋行的男子環視洋行一圈後，朝羅倫斯的方向走來。

聽說馬克的徒弟為了羅倫斯跑遍了整個卡梅爾森，而巴托斯應該已經收到了羅倫斯在找他的消息，所以他才會走近羅倫斯。

羅倫斯輕輕點頭致意後，露出營業用的笑容。

「請問是克拉福・羅倫斯先生嗎？我是居伊・巴托斯。」

巴托斯說罷，伸出右手。他的右手像是身經百戰的傭兵般粗糙厚實。

據馬克的說明，比起做生意賺錢，巴托斯好像是個更熱衷於賺錢來喝酒的旅行商人。但是實際見到巴托斯後，卻發現他身上散發出完全相反的氣氛。

走在路上的巴托斯有著矮了一截的棺材般穩定感十足的身軀，他滿臉雜亂生長的鬍鬚有如海膽刺，臉上的肌膚就像任憑風吹砂刮的鞣皮一樣。巴托斯的右手握起來不像成天握著馬車韁繩悠哉度日的人會有的手掌心，而是能夠讓人立刻知道他全年手持重物的手掌心。

雖然有著這般外表，但是巴托斯既不頑固，也不乖僻，從他口中說出的話語給人像是溫和聖職者般的柔和感覺。

「聽說最近很多人都像羅倫斯先生一樣巡迴各國行商。我老是往返相同地方、賣一樣的商品，差不多開始覺得厭倦了。」

「您這麼說，城裡的零售商和工匠可是會罵人的喔。」

「哈哈哈哈，肯定會被罵。畢竟光是賣皮繩就賣了五十年的商人隨處可見嘛。隨口就說厭倦，確實會挨罵。」

巴托斯笑著說道。他是個買賣貴重金屬的旅行商人，行走於海拉姆地區的礦山地帶，聽說往返於險峻山岳與卡梅爾森之間已有將近三十年之久。

在強風吹襲、連樹木都無法生長的海拉姆險峻山岳，扛著沉重行李行走數十年，這並非一般人所能為。

巴托斯之所以會在大市集前後一星期的卡梅爾森逗留，想必是需要好好休息一段時間吧。

「不過，羅倫斯先生您的興趣挺特別的嘛。」

「咦？」

「我聽說您是因為想聽一些北方的古老傳說，所以在尋找編年史作家。還是說，您是為了做什麼生意嗎？」

「不，不是那樣子的，應該是說好奇心旺盛吧。」

「哈哈哈哈。您還這麼年輕，卻培養了不錯的興趣。像我是到了最近才對古老傳說感興趣的。原本是想當成生意來做，沒想到反而為之著迷。」

拿古老傳說做生意，這樣的點子羅倫斯想都想不到，不過，因為覺得巴托斯的話題有趣，羅倫斯也就安靜地聽他說下去。

「幾十年來，我一直往返同樣的地方。有一天，我突然想到，我所知道的世界是個極其狹小的世界。可是，就算是我往返的地方，在好幾百年前也已經有人往返其間，而我當然不知道當時的狀況。」

羅倫斯覺得自己好像懂得巴托斯的意思。

走過越多的地區，就越覺得世界不斷在眼前拓展。

如果說羅倫斯感受到的世界可比喻成池塘的寬度，那麼，巴托斯感受到的世界就會是池塘的深度。

「我年紀大了，沒有精力到遠方去，而時光也無法倒流。所以，哪怕是傳說也好，我變得很想去了解自己沒能夠見識到的世界，還有因為上天的壞心眼而無法往回走的古老過去。年輕時只顧著追求眼前的利益，根本不會想到這些事情。如果當時的我有餘力想到這些事情，或許我的人生就會有所不同了……所以，看到您這年紀就對這些事情感興趣，就覺得有點羨慕。哈哈，我這樣說話還真像個老頭子。」

雖然巴托斯有些自嘲地笑笑，但是他的這番話或多或少都讓羅倫斯有了深刻感受。

被巴托斯這麼一說，才發現藉由古老傳說或神話，能夠讓人得知自身絕對無法體驗的過去，而這點確實相當有魅力。

現在覺得自己似乎明白了與赫蘿相遇沒多久時，她若無其事說出的那句話有多麼沉重。

汝跟咱活著的世界大不相同吶。

當初所有與赫蘿活在相同時代的人早已不在世上；而赫蘿一路走過的大半時間，都是如此不可知的時間。

況且赫蘿是隻狼，並非人類。

這麼一想，就覺得在不同含意上，赫蘿的存在顯得特別。

赫蘿一路旅行至今，她看了些什麼，聽了些什麼呢？

晚點回到旅館時，一定得問問赫蘿一路經歷了什麼樣的旅行。

「可是對教會來說，古老傳說或神話不過是迷信、是異教的故事罷了。只要受到教會的監視，就很難把故事收集齊全。因為海拉姆地區是山岳地帶，所以有很多有趣的故事。只不過，那一帶被教會監視著。就這點而言，卡梅爾森就沒有這層顧慮。」

正因為普羅亞尼是個異教徒與正教徒共存的國家，所以一些教會握有權力的地區或城鎮，往往都會定下嚴格的規矩。

另一方面，極力想要排除教會權力的異教徒城鎮，則是隨時處於戒備森嚴的備戰狀態。在普羅亞尼之中，能夠與這些問題和平劃清界線的卡梅爾森，或許是很特別的存在。

然而，如果要問這樣的城鎮是否就沒有對立的問題呢?其實也不盡然。

羅倫斯與巴托斯為了與編年史作家見面，來到了位在卡梅爾森北端的地區。

卡梅爾森是以拓寬為前提而被建造，所以城牆是採用容易拆除的木架構造；而道路和建築物就可以建設得十分寬敞。

有著如此城鎮計畫的卡梅爾森城裡，卻存在著高過人頭的石牆。

這道石牆用來區分因為被教會追趕，而從南方或普羅亞尼的其他城鎮，逃到此地的人們所居住的區域。

之所以用石牆區分這裡，正是城裡居民認為住在這裡的人們是麻煩存在的鐵證。儘管這些人們在卡梅爾森不是罪犯，但是到了好比說留賓海根，卻是得即刻斬首的罪犯。他們理所當然會被視為麻煩。

不過，羅倫斯立刻改變了想法。

羅倫斯心想，這道石牆不純粹為了隔絕他們而存在，應該是被迫必須存在的吧。

「這是……硫磺味嗎？」

「哈哈，您也賣藥石嗎？」

海拉姆地區擁有好幾座採礦量傲人、並可以採得各種礦石的礦山。行走於這地區的巴托斯或許早已習慣聞到硫磺味，但是羅倫斯聞到這獨特的臭氣便不禁揪起了臉。

一穿過設在石牆上的門，隨即撲鼻而來的這股臭味，讓羅倫斯瞬間明白了這個區域住著什麼樣的人。

他們是教會的最大敵人——鍊金術師。

「沒有……只是知道些知識而已。」

「知識是商人的武器，您是個好商人。」

「……不敢當。」

一穿過設在石牆上的門，便發現這個區域的地面比城裡其他地區矮了許多。

建築物的間隔也顯得狹窄，雖然這景色會讓人聯想起熟悉的城鎮小巷子，但是卻有一些奇妙之處。

首先，走在小路上，鳥類的羽毛會不時映入眼簾。

「畢竟毒風吹來時不一定會帶著臭味，所以他們就飼養小鳥，小鳥如果突然死了，就知道該注意了。」

雖然羅倫斯聽過礦山等地區會採取這般安全措施，但是，一旦來到當真採取了這種安全措施的地方，背脊還是不禁一陣發冷。

雖然「毒風」是個不錯的形容，但是羅倫斯還是認為以教會愛好使用的「死神之手」來表現比較貼切——才覺得吹來的風特別冰冷，便發現身體彷彿凍僵了似地動彈不得——據說就是這樣的感覺，才被形容成「死神之手」。

小巷子裡同樣隨處可見的小貓，是否也與飼養小鳥一樣的理由被飼養呢？還是小貓是為了獵鳥而聚集呢？

無論是前者還是後者，都只會讓羅倫斯覺得不舒服。

「巴托斯先生。」

羅倫斯許久不曾覺得靜靜地走在路上是件痛苦的事。

昏暗的小巷子裡不時傳來貓叫聲和鳥兒振翅聲，以及詭異的金屬聲，還瀰漫了嗆鼻的硫磺臭味。羅倫斯無法忍受這樣的氣氛，於是向走在前方的巴托斯搭腔。

「請問這個區域住了幾位鍊金術師呢？」

「這個嘛……加上學徒差不多有二十人左右吧。不過，畢竟這裡經常發生意外，我也不知道正確人數。」

巴托斯的意思是說這裡經常會有人死去。

羅倫斯後悔不該提這樣的問題，他改口問了像個商人會提的問題：

「和錬金術師做生意的利潤好嗎？感覺上，好像會伴隨很多危險。」

「嗯……」

巴托斯一邊避開裡頭不知裝了什麼，四周沾著讓人看了睡意全消的綠色不明物體的桶子，一邊悠哉地回答說：

「如果對方是有貴族在背後撐腰的錬金術師，利潤就會非常好。因為不僅限於金、銀、銅，他們還會購買大量的鐵、鉛、錫、水銀、硫磺、磷等等。」

巴托斯說出的商品意外地普通，這讓羅倫斯感到驚訝。

羅倫斯還以為會聽到更詭異的商品，好比說有五隻腳的青蛙之類的。

「哈哈哈，很意外嗎？就算在北方行商的人，也大多認為錬金術師就是魔法師。其實他們跟打鐵工匠沒什麼兩樣，他們本來就只會做一些加熱金屬，或是用強酸來溶解金屬的工作而已。」

兩人在狹窄的十字路口轉向右方。

「確實其中也有人在研究魔法啦。」

巴托斯回過頭說道，並揚起嘴角露出虎牙一笑。

羅倫斯嚇得不由得停下腳步。巴托斯見狀，立刻像在為自己的惡作劇道歉似地笑笑說：

「不過，我也只是聽過這樣的傳言而已。而且，聽說住在這個區域的鍊金術師們也都不曾見過會魔法的人。順道一提，住在這個區域的個個都是好人喔。」

羅倫斯第一次聽到有人以「好人」，來形容日日夜夜把精力花在逆神舉動上的鍊金術師。

每當提到鍊金術師的話題時，人們總會有一種恐懼心與好奇心交雜、難以形容的背德感。

「怎麼說，畢竟他們是我的衣食父母，打死也不能說他們是壞人吧？」

聽到巴托斯說出像個商人會有的話語，羅倫斯有些鬆了口氣地笑笑。

過了不到一秒鐘的時間，巴托斯在一戶住家門前停了下來。

照射不到陽光、滿是坑洞的路面有好幾處黑水坑。

面向狹窄小巷子的牆面上有扇裂開來的木窗。或許是多心，但這棟兩層樓的建築物似乎傾斜了一邊。

建築物的外觀看起來，就跟任何城鎮都看得到的貧民區一角沒兩樣。但是，這裡有一個關鍵性的不同點。

那就是這裡一片寂靜，絲毫聽不見孩子們的嬉鬧聲。

「您不用這麼緊張，對方是個很好相處的人。」

儘管巴托斯像這樣安撫過羅倫斯好幾次，但是羅倫斯聽了，還是只能夠含糊地笑笑。

要羅倫斯不緊張才是強人所難。

因為這塊區域裡，住著被世上最不得違逆的機構壓上重犯烙印的人們。

「有人在嗎？」

即便如此，巴托斯仍然不畏懼地敲了大門，並且以輕鬆的口吻說道。

然而，乾巴巴的大門看起來，甚至像是好幾年不曾打開過一樣。

不知何處傳來了微弱的貓叫聲。

被視為異端而遭到修道院追趕的修道士。

身穿破爛長袍、像隻乾癟青蛙的老人身影，在羅倫斯的腦海裡浮現又隨即消失。

那是一般旅行商人不會涉足的世界。

這時，大門緩緩打開了。

「咦？這不是巴托斯先生嗎？」

聽到這句話的瞬間，羅倫斯不禁覺得掃興，膝蓋也彷彿失去了力氣。

「好久不見。您看起來精神不錯，真是太好了。」

「你怎麼搶了我的話呢。你在海拉姆的山岳之間來來去去的，竟然能夠平安無事，可見老天爺特別寵愛你呢。」

薄薄的木門打開後，一名身材高挑、有著藍色眼珠的女子出現在門口。女子身穿長袍，看起來應該比羅倫斯年長幾歲，剪裁寬鬆的長袍穿在女子身上反而更顯嫵媚。

女子的語調輕快，而且是個無庸置疑的美女。

然而，羅倫斯卻忽然想起鍊金術師尋找長生不老法術的傳說。

魔女。

當羅倫斯的腦海裡浮現這個字眼時，女子的視線投向了他。

「喲，是個帥哥呢。不過，他的表情像是把我當成魔女了。」

「既然這樣，那我就這麼介紹您好了。」

「別這樣，這地方已經夠讓人鬱悶了。更何況，魔女怎麼可能像我這麼美麗呢？」

「聽說有很多夫人因為長得標緻，所以被傳為魔女呢。」

「你還是老樣子嘛，巴托斯先生。想必你在海拉姆地區應該擁有不少金屋吧？」

雖然羅倫斯完全不明白這是怎麼回事，但是他沒堅持想要掌握現狀，一心只想讓自己的心情平靜下來。

羅倫斯做了一次半的深呼吸。

然後，隨即挺直背脊，恢復旅行商人羅倫斯的神情。

「大姊，今天有事找您的人不是我，而是這位羅倫斯先生。」

巴托斯可能是察覺到羅倫斯已經恢復平靜，在他適當時機的介紹下，羅倫斯向前踏出一步，並露出營業用笑容打招呼說：

「請原諒我的失態。我是旅行商人克拉福・羅倫斯。今日前來拜訪狄安・魯本斯，請問先生是否在家？」

羅倫斯以鮮少使用、再客氣不過的用字遣詞說道。

然而，仍然以手扶著木門的女子聽了，先是一臉愕然，跟著立刻神情愉快地笑著說：

「什麼嘛，巴托斯沒跟你說啊？」

「啊！」

巴托斯露出一副都怪自己沒注意到的模樣輕輕拍了一下額頭後，用深感愧疚的眼神看向羅倫斯說：

「羅倫斯先生，這位是狄安・魯本斯小姐。」

「我是狄安・魯本斯。很男性化的名字吧？請叫我狄安娜吧。」

女子一改方才的態度，氣質高雅地微笑說道。她的舉止足以讓人想像出她曾經待過相當高貴的修道院。

「我看，我們就別杵在門口，到裡頭說話吧。我不會吃掉您的。」

狄安娜推開大門到底，一邊指向屋內，一邊惡作劇地說道。

狄安娜的住家與建築物外觀並無差異，相當地破舊，或許可以用遭遇暴風雨的遇難船船長室來形容。

房間的角落堆著讓人聯想到海盜寶物箱的木箱，箱上頭用了鐵片加以補強，箱蓋則隨性地掀開。還有看似價值不菲的堅固椅子，也成了衣物和書本的墊底。

另外，讓人想像不到是來自何種鳥類、純白如雪的羽毛筆大量散落在整個房間裡，彷彿有隻巨大的鳥在屋內盡情整理過羽毛似的。

非常適合用雜亂無章來形容的這間房間裡頭，還稱得上保有些微條理的地方就只有書櫃、和狄安娜工作的大書桌周圍而已。

「那麼，您找我有什麼事嗎？」

陽光彷彿奇蹟似地照射在書桌上，狄安娜沒有請羅倫斯兩人入座，也沒有為兩人端上熱茶，她一邊拉出書桌的椅子坐下，一邊說道。

姑且不論熱茶，就連張椅子都找不著的羅倫斯正煩惱該怎麼辦時，巴托斯像是早已習慣了似的隨意搬開堆放在椅子上的物品，為羅倫斯清出一張椅子來。

羅倫斯心想，就算是心高氣傲的貴族，也懂得請客人入座。

但是，他發現狄安娜這般不按常理行事的性格並不會令人厭惡，這點也算是她的可愛之處。

「冒昧前來拜訪，請先允許我向您致歉。」

即使聽到如此合乎常理的客套話語，狄安娜也只是笑著輕輕點頭。

羅倫斯輕輕咳了一下後，接續說：

「是這樣的，我聽說魯本斯小姐——」

「狄安娜。」

狄安娜當場提出糾正，她的眼神認真。

羅倫斯勉強隱藏住內心的動搖，說了句「抱歉」後，狄安娜的臉上再次浮現了柔和的笑容。

「呃——是這樣的，我聽說狄安娜小姐對北方的古老傳說相當有研究。所以在想如果方便，能否向您請教一些事情？」

「北方的？」

「是的。」

狄安娜一邊做出思考狀，一邊把視線移向巴托斯說：

「我還以為是來談生意的呢。」

「您別開玩笑了。如果是來談生意，肯定會被您轟出去吧？」

雖然狄安娜是笑著回應巴托斯，但是羅倫斯覺得狄安娜真會這麼做。

「可是，我不確定知不知道您想找的故事。」

「那是表示我有可能聽了純屬捏造的故事。」

「哎呀，如果是那樣，那就當成是新故事，換我聽您說好了。」

看著狄安娜的溫柔笑臉，羅倫斯不禁別開視線，咳了一下。

羅倫斯暗自心想：幸好赫蘿不在身邊。

「那麼，我是想請教有關約伊茲這個城鎮的古老傳說。」

「喔～您是說那個被獵月熊毀滅的城鎮吧？」

狄安娜似乎當場就拉開了記憶的抽屜。

羅倫斯心想，約伊茲被毀滅的話題就這麼被提起，沒帶赫蘿來果然是正確的選擇。約伊茲恐怕已經真的毀滅了。一想到要如何告訴赫蘿這件事，羅倫斯就感到頭疼。

就在羅倫斯想著這些事情時，狄安娜緩緩站起身子，走近這間房間裡維持著奇妙秩序的書櫃，並從井然有序排列著的大型書本當中，取出一本書說：

「我記得就在這附近……找到了，找到了。獵月熊，牠的發音應該是『伊拉哇．威爾．牧黑德亨德』吧。被獵月熊毀滅的城鎮約伊茲。如果是有關這個獵月熊，倒是有好幾個傳說。不過，都很古老就是了。」

狄安娜一邊翻閱書頁，一邊滔滔不絕地說道，她的食指上因長期寫字而生成的繭顯得紅腫，教人看了心疼。或許排在書櫃上的所有書本都是狄安娜親自撰寫的。

究竟有多少異教故事和迷信濃縮在其中呢？

想到這裡，羅倫斯忽然察覺到了一件事。巴托斯提到想拿古老傳說或神話做生意，應該是想把狄安娜撰寫的書本賣給教會吧。

如果擁有這裡的書本，教會就能夠一眼看出哪一個地區有了什麼樣的傳教錯誤。所以，教會相關人士肯定是極度渴望擁有這些書本。

「我想知道的不是熊的故事，而是城鎮約伊茲。」

「城鎮？」

「是的。因為某種原因，我正在尋找約伊茲的位置。不知道有沒有辦法從古老傳說或神話中找到位置？」

聽到有人詢問古老傳說的地點在哪裡，而非詢問某樣商品的產地時，絕大部分的人都會感到困惑。

狄安娜當然也不例外，她先是露出有些出其不意的表情，然後把書本放在書桌上，開始思考了起來。

「位置嗎……位置、位置……」

「有辦法嗎？」

羅倫斯再次詢問道。狄安娜聽了，彷彿感到一陣頭痛似的一手摸著額頭，另一隻手做出手勢要羅倫斯等候。

雖然保持沉默的狄安娜看起來，說她是高貴女修道院的院長也不會有人懷疑；但是看著她現在的模樣，羅倫斯不禁覺得她有著詼諧本性。

狄安娜緊閉雙眼，呻吟了好一會兒後，總算抬起頭來，臉上掛著彷彿第一次引線穿針成功的少女般的開心笑容。

「我想起來了。在普羅亞尼更北方有一條羅姆河，這條河的水源地有個城鎮叫做雷諾斯，那裡有個這樣的古老傳說。」

面對狄安娜突然用像在對巴托斯說話那般的口吻對自己說話，羅倫斯不禁感到錯愕。

羅倫斯心想，只要一提到古老傳說，狄安娜似乎就會變得渾然忘我。

有著這般個性的狄安娜清清喉嚨後，閉上眼睛，背誦起古文：

「遙遠古時，一巨狼現身村落。狼自稱約伊茲之赫珞，其身形之高大須仰頭望之。驚也，村人視此乃天降誅罰，赫珞曰其來自東方深幽山林，欲往南方。赫珞嗜酒，時而化身女孩，與村落女子共舞。其貌姣好、稚齡，但持非人之尾。於村落嬉戲多時後，允保村落豐收，即南下矣。村落自此長年豐收，人稱狼為麥束尾巴之赫珞也。」

讓羅倫斯感到吃驚的，不僅是口若懸河地背誦古文的狄安娜，還有突然出現的赫蘿名字。

儘管發音多少有些差異，但指的正是赫蘿沒錯。承諾豐收的描述證明了是赫蘿所為，而化身成擁有尾巴的女孩模樣也符合赫蘿的外表。

不過，感到吃驚的心情根本比不上狄安娜背誦的內容。

位在羅姆河水源地的雷諾斯是個至今仍存在的城鎮。只要得知赫蘿是來自雷諾斯的東方山林，就可以從紐希拉往西南方劃線，再從雷諾斯往東方劃線，而兩條線的交叉點就會是城鎮約伊茲了。

「這傳說有幫助嗎？」

「有，因為位在雷諾斯東方的山林範圍有限，這充分構成線索了。」

「那真是太好了。」

「近期內我一定會答謝您──」

狄安娜以手勢制止羅倫斯繼續說下去。

「您看我這樣子應該也明白吧，儘管遭到教會追殺，我還是酷愛異教地的古老傳說。而且，我只愛聽原原本本說出傳述內容的古老傳說，而不是因為考慮到教會存在，而扭曲內容的故事。看起來羅倫斯先生是個旅行商人，您應該聽過些什麼有趣的故事吧？只要您能夠分享個故事給我聽，就算是答謝了。」

在教會負責撰寫歷史的人是為了維持教會威嚴而寫；而受雇於貴族的人則是為了讚頌其雇主，也就是為了貴族而撰寫歷史。要說這是理所當然的事情，似乎也沒什麼不對。

教會城市留賓海根的命名源自聖人留賓海根的名字，而流傳於城裡有關這位聖人的傳說也與赫蘿的描述相差甚遠。想必那些傳說是為了維持教會的威嚴，並且讓教會更具權威，而刻意地竄改歷史的吧。

在這個信仰與經濟皆自由的城鎮卡梅爾森裡如貧民區般地方生活的狄安娜，想必是因為對於古老傳說的愛之深，而無法原諒那樣的行為吧。

聽到狄安娜被視為異端而遭到修道院追趕，還以為她會是個思想極其危險的人，結果卻發現她只不過是個熱愛興趣到可以不顧性命的狂熱分子。

羅倫斯回答了句「我明白了」後，說了一則珍奇故事。

那是一則描述某麥子大產地的故事。

是有關一匹狼掌控麥子豐收的故事。

後來，因為多多少少喝了點酒，羅倫斯與狄安娜、再加上巴托斯三人，熱烈地談論起各地方流傳的各式各樣古老傳說和神話。

等到太陽開始西斜時，羅倫斯總算回過神來。他禮貌地婉拒狄安娜的挽留之意，與巴托斯一同告辭。

在狄安娜住處的熱烈交談，使得羅倫斯與巴托斯走在狹窄小巷子途中，一想起方才的話題，都忍不住笑了出來。

到了羅倫斯現在這年紀，若是聽到傳說中的龍或是黃金城之類的故事，都會覺得那是天方夜譚，他許久不曾這樣開心地談論這類故事了。

羅倫斯就算拜了旅行商人的師父為師後，仍有好一段時間對成為高舉長劍、走遍各國的巡遊騎士抱持憧憬。在與師父一同行商的途中聽來的故事，像是噴火龍、展開雙翅可遮住天空的巨鳥，或是可自由自在地移動高山的魔法師，也都讓羅倫斯暗自心動。

不過，不知打從何時，羅倫斯明白這些都是編造出來的故事。

羅倫斯心想，今天會覺得這類的故事如此有趣，應該是因為遇上赫蘿的緣故吧。

有許多傳說或神話絕非編造出來的故事，而行走於世界各地的旅行商人也和巡遊騎士同樣，能夠擁有大冒險的機會。

光是察覺到這個事實，就足以讓羅倫斯多年來早已遺忘的舒暢感在心頭擴散開來。

然而，就在羅倫斯回想起走私黃金到留賓海根的途中遇上的事件時，這般沉醉感也隨之化為苦笑。

雖然沒看見對方的真面目，但是羅倫斯相信在留賓海根附近那片謠言不斷、陰森詭異的森林裡，一定住著像赫蘿一樣的狼。然而，當時的羅倫斯並非讓人看了痛快的冒險英雄劇主角，而是只能夠隨波逐流的配角。

商人果然比較適合過著像個商人的生活。

就在羅倫斯想著這些事情時，走到通往旅館的大街，於是羅倫斯便在路口向巴托斯道別。

當羅倫斯為介紹人一事向巴托斯致謝時，得到巴托斯這樣的回答：「一個人去大姊那裡，會惹來多方批評，所以這樣正好有個好藉口。」

的確，狄安娜如此隨和，又是個美人，再加上她住在鍊金術師聚集的地區。如果獨自前往拜訪她，不知道會引來多少周圍人們的好奇目光。

畢竟洋行的人們最喜歡談論這類話題了。

「請務必再邀我一起去。」

巴托斯說出的這句話也讓人感覺不像客套話，而是他發自內心的真心話。當然，羅倫斯同樣度過了愉快的時光，所以他誠懇地點頭回應。

夕陽就快消失在家家戶戶的屋頂另一端。在城裡的大街上，可看見結束工作的工匠、結束商談的商人，以及賣光從村落運來的農作物和家畜、準備踏上歸途的農夫們穿梭其中。

順著大街往南方走，來到靠近鬧區的地方，大街上的人潮多了醉漢和小孩子們的身影。

平時到了傍晚時分，就會驟然減少的女孩身影也隨處可見，街上似乎已是一片前夜祭的氣氛。街上有幾處圍了人牆，而人牆之中的算命師就這麼召集人群，光明正大地做起生意來。

羅倫斯穿過人牆，也沒走進位在大街上的旅館，他一路朝卡梅爾森的市場走去。

因為狄安娜說的話讓羅倫斯某種程度掌握到約伊茲的位置，所以他決定不把紐希拉設為目的地，而是先以雷諾斯為目標。

羅倫斯會選擇雷諾斯的原因除了距離較近之外，道路整頓得較完善也是其中之一。另外，他也期待著到了雷諾斯之後，或許找得到更詳細記載赫蘿的傳說。

因為目的地變更，所以為了收集旅行所需的情報，羅倫斯再度來到了馬克的攤販。

「唷，帥哥。」

然而，當羅倫斯來到攤販前，便發現馬克單手握著酒杯，一副心曠神怡的模樣；而幫忙到處跑腿聯絡的小伙子則在攤販裡頭，滿臉通紅地仰頭大睡。

代替這兩名醉醺醺的男子，在堆高的商品上頭蓋上防露水用的布篷，忙著準備收攤的是馬克的妻子——雅黛兒。

雅黛兒一發現羅倫斯到訪，便朝羅倫斯輕輕點頭致意，然後用手指向丈夫馬克露出苦笑。

「怎麼了？哎，先來喝一杯吧。」

「嗯，我早上拜託你收集的情報……喂！倒太多了。」

咖啡色陶製酒壺裡的酒被馬克咕嚕嚕地倒進木杯，儘管羅倫斯出聲制止，馬克卻充耳不聞。

馬克一臉若是羅倫斯不伸手拿起滿得就快溢出酒來的酒杯，他就不回答的表情。

「真是的。」

羅倫斯一副受不了馬克的表情舉起酒杯喝了一口後，發現酒杯裡裝的是挺不錯的葡萄酒。這讓他不禁想要吃點鹹味十足的肉乾下酒。

「那，你剛剛要說什麼？不會是要換目的地吧？」

「是啊，沒錯。羅姆河的水源地不是有個叫雷諾斯的城鎮嗎？我記得那裡是以木材和皮草出名吧？我想去那裡。」

「什麼嘛，你換的地方還差真遠。害我白收集了一些去紐希拉附近的情報。」

儘管喝醉，腦子裡還是得有某處保持著清醒，否則就稱不上是商人。

「抱歉啦，事情有了一點變化。」

「喔？」

馬克笑著說道，並像在喝水似地喝下酒。

然後，馬克露出極其愉快的目光看向羅倫斯說：

「原來你和夥伴感情失和是真有此事啊？」

停頓了好幾秒鐘後，羅倫斯反問說：

「你說什麼？」

「哈哈哈哈哈。我可是調查得很清楚呢，帥哥。大家都知道你帶著容貌姣好的修女下榻在高級旅館。真是的，所謂逆神之舉指的就是你這種行為。」

儘管卡梅爾森是個規模不小的城鎮，但終究不及留賓海根。只要向朋友的朋友探聽，就幾乎能夠探聽到所有城鎮商人的消息。城鎮商人的橫向關係就是這麼深厚。想必是有某人看見了羅倫斯與赫蘿，所以謠言才會口耳相傳地散了開來。

連在市場經營攤販的馬克都知道赫蘿的存在，這表示洋行的人一定也知道。想到幸好自己沒有與巴托斯一起回洋行，羅倫斯不禁鬆了口氣。

然而，羅倫斯不明白馬克為何會提到感情失和。

「我和夥伴之間不是那種可以當成酒席助興話題的關係。不過，你說感情失和是什麼意思？」

「嘿嘿嘿，原來帥哥裝傻的功夫也是一流的呢。不過，被人家說感情失和，你內心的動搖終究還是寫在臉上。」

「畢竟我的夥伴確實是個美女。如果感情失和，那我不就虧大了？」

多虧平時與赫蘿的互動，讓羅倫斯能夠冷靜地做出反應，就連羅倫斯自身都感到有些吃驚。

不過羅倫斯心想，如果可以，他寧願自己的商談技巧可以提升，而不是這方面的應對。

「嗝，沒啦，就剛剛才聽來的消息。我們公會裡的年輕小子帶著你的那位夥伴走在街上呢，聽說兩人看起來感情很好的樣子。」

「喔。你是說阿瑪堤……先生啊。」

雖然阿瑪堤比羅倫斯年少，但是羅倫斯心想直呼名字似乎不禮貌，於是加上先生兩字。可是話說出口後，卻又覺得自己顯得有些卑微。

「什麼嘛，你已經死心了啊？」

「很遺憾，事情不是你想的那樣。我今天一整天有事沒辦法陪夥伴，加上阿瑪堤先生有空想帶我們到街上走走，只不過這兩件事恰巧碰在一起罷了。」

「喔……」

「你有什麼不滿嗎？」

羅倫斯以為馬克肯定會露出感到無趣的表情，但是馬克卻突然露出擔憂的神色，這讓他感到一陣錯愕。

「因為我和你一樣曾經是旅行商人，所以才給你忠告，阿瑪堤那傢伙外表看似柔弱，但其實很難應付的。」

「……你這是什麼意思？」

「我是說，如果你還是這樣漫不經心，小心夥伴真的會被人搶走。阿瑪堤那種年紀的傢伙一旦著迷了，什麼荒唐事都敢做。還有，你知道阿瑪堤年紀輕輕的，但是他的魚生意規模做得有多大嗎？而且，那傢伙出身於南方國家頗有名望的家庭，因為他是么子，想也知道他在兄長底下，一定無法發揮專長。所以，大約在三年前，他隻身離家出走，最後來到了這裡開始做起生意。很厲害吧？」

雖然從身材纖細的阿瑪堤外表來判斷，這確實是教人難以置信的事。但是，羅倫斯親眼目睹了阿瑪堤雇人運送三輛馬車數量的鮮魚。

而且，雖然說是阿瑪堤賣魚的交易對象，但他輕輕鬆鬆地就安排到了面向大街的旅館房間。在這個城裡擠滿了旅客的時期，這不是件容易做到的事。

危機感一點一滴湧上羅倫斯的心頭，但他同時想到赫蘿不可能那麼輕易就移情阿瑪堤。

羅倫斯回想與赫蘿相遇後的種種過去，認為赫蘿不會移情的想法就變得越來越堅定。

「沒什麼好擔心的，我的夥伴不是那麼隨便的傢伙。」

「哈哈哈，你還真有自信呢。要是我聽到雅黛兒那傢伙和阿瑪堤走在一起，我一定會認輸死了心吧。」

「你說我和阿瑪堤先生怎樣了啊？」

不知何時，代替喝醉酒的丈夫收攤的雅黛兒已經站在馬克背後，她臉上掛著恐怖笑容說道。

四年前，雅黛兒與來到卡梅爾森行商的馬克相遇並墜入情網，兩人的戀愛故事在卡梅爾森相當出名，在經過這段就是三流吟遊詩人都覺得難以置信的戀愛後，她與馬克步入禮堂。如今的雅黛兒似乎越來越有身為小麥商人妻子的威嚴。

羅倫斯第一次見到雅黛兒時，她的身材相當瘦弱，但現在的她卻比馬克更壯。

雅黛兒在兩年前生了小孩，或許母親都是這麼堅強的吧。

「我說，如果知道妳和阿瑪堤走在一起，愛妳入骨的我會被嫉妒之火燒得全身是傷。」

「無所謂，就盡情地燒吧。等到你被燒成炭之後，我會拿來生火，然後烤出好吃的麵包請阿瑪堤先生品嚐。」

雅黛兒尖酸刻薄的話語使得馬克啞口無言，只能夠以喝酒來逃避。

羅倫斯心想，或許家家都是女人比較強悍吧。

「我說羅倫斯先生，在這種地方陪這個醉鬼喝酒，就是好酒也會變得難喝吧？我們已經可以收攤了，不如到家裡來，讓我做幾樣好吃的料理招待你。不過，小孩子可能會有點吵就是了。」

一聽到是馬克的小孩，就教人無法想像那孩子會有多麼頑皮。

雖然光是這個理由就足以讓不懂應付小孩的羅倫斯打退堂鼓，但是羅倫斯是因為其他原因而拒絕邀約。

「我還有工作還沒完成，所以不打擾了。」

這當然是謊言。不過，雅黛兒並沒有露出懷疑的神情，只是一臉的遺憾。

然而，馬克卻是一副看透羅倫斯內心的模樣輕輕笑著說：

「畢竟這個沒完成的工作太重要了，好好加油吧。」

馬克果然是看透了羅倫斯的內心，羅倫斯只好回他一個苦笑。

「啊，對了。換目的地的事，我了解了。祭典舉辦期間我也會開店，所以應該收集得到再準確不過的情報吧。」

「謝啦。」

羅倫斯飲盡杯中的酒，並再次道謝後，便向馬克夫婦告辭。

獨自走在夜裡活力充沛的喧囂市場裡，羅倫斯察覺到自己的腳步很自然地加快，只能苦笑。竟然會拿「還有工作還沒完成」當藉口扯了個大謊，羅倫斯不禁暗暗自嘲。

事實上，羅倫斯是因為看見馬克與雅黛兒的互動，而變得想回到旅館去。

至於想回到旅館的理由，就算羅倫斯心知肚明，也不願意在自己心中提起，當然更不用說是在他人面前說出口了。

赫蘿與阿瑪堤開心地走在一起的畫面，在羅倫斯的腦海裡浮現又隨即消失。

雖然覺得不甘心，但是羅倫斯好幾次都察覺到自己的腳步不停加快。

隨著夜色加深，木窗外傳來的喧囂聲越來越響亮。羅倫斯一邊聽著喧囂聲，一邊用著跟旅館借來的筆和墨水寫下未來的行商計畫。就在這時，赫蘿回來了。

剛剛有些慌張地回到旅館來，才發現赫蘿根本還沒回來。雖然這讓人有期待落空的感覺，但是幸好沒被赫蘿瞧見慌張的模樣，也教人鬆了口氣。

赫蘿說阿瑪堤送她到旅館前面，所以只有她自己上樓來。不過，看赫蘿圍在脖子上的狐狸皮草圍巾，就不難看出阿瑪堤被赫蘿耍得團團轉。照這情形看來，阿瑪堤肯定還買了很多其他東西給赫蘿。

比起赫蘿平安回來的安心與喜悅，一想到該怎麼答謝阿瑪堤這件事，就讓羅倫斯更是頭痛。

「嗚……好難過。唔……汝啊……幫咱一下。」

不知道赫蘿到底吃吃喝喝了多少，她似乎沒辦法自己解開絲腰帶。

羅倫斯雖然覺得難以置信，但還是一副拿赫蘿沒輒的模樣從椅子上站起來，幫正在床邊苦戰惡鬥的赫蘿解開腰帶，並幫她脫下當成裙子綁在腰上的長袍。

「喂，妳要躺下來也先脫掉圍巾和披肩啊，不然會弄皺的。」

羅倫斯的提醒只得到了赫蘿含糊不清的回應。

他好不容易阻止了坐在床上的赫蘿就這麼躺下，替赫蘿取下了圍巾、兔皮做成的披肩，還有綁在頭上的三角頭巾。

赫蘿早在任憑羅倫斯取下衣物時打起盹來。她之所以會在旅館前面就向阿瑪堤道別，想必是她一路故作鎮靜到旅館前面，已經到極限了吧。

羅倫斯好不容易幫這樣的赫蘿取下圍巾、披肩和三角頭巾後，讓她直接倒臥在床上。

看著如此無憂無慮的赫蘿，羅倫斯的臉上不由得浮現苦笑。然而，再看到手上狐狸皮草圍巾的毛髮光澤，又不禁輕輕嘆了口氣。羅倫斯心想，這般優質商品如果拿來轉賣，那還沒話說，但如果拿來送人，實在教他難以想像。

「喂，妳先別睡啊。妳有沒有跟人家討了其他什麼東西？」

照這情形看來，或許赫蘿真的向阿瑪堤討了其他更昂貴的東西。

然而，赫蘿甚至沒有力氣把雙腳抬到床上，她保持奇怪的姿勢打著鼾睡覺。對於羅倫斯說的話，就連赫蘿引以為傲的耳朵也毫無反應，已經徹底陷入熟睡之中。

羅倫斯露出一副「真是搞不過」的模樣幫赫蘿把腳抬到床上放好。即便如此，赫蘿還是沒有醒過來。

赫蘿會如此無防備是因為信任我呢？還是她根本瞧不起我？

羅倫斯忍不住自問。但是他心想思考這些只是自找麻煩，於是決定把這些疑問拋諸腦後。羅倫斯把圍巾和披肩放在書桌上後，準備折疊長袍。

就在這時，有樣東西從長袍掉了出來，發出咕咚一聲。

羅倫斯撿起一看，發現是一塊美麗的立體方形金屬。

「鐵……？不，不對。」

立體方形金屬有著使用磨刀仔細研磨過的垂直四角，以及就算只在微弱的月光照射下，也清楚可見、值得讚嘆的平滑表面。依這般細工看來，就算是鐵塊，也具有頗高的價值。然而，羅倫斯心想，如果為了問出金屬種類而叫醒赫蘿，不知道赫蘿會發多大的脾氣。

羅倫斯決定等赫蘿明天醒來再詢問，便把方形金屬放在書桌上。

他把長袍掛在椅背上，折好三角頭巾後，先撫平腰帶的皺褶，再重新捲起腰帶。

羅倫斯暗自埋怨著為什麼自己非得做這種男僕工作。然而，當他看見早早就發出少根筋鼾聲熟睡著的赫蘿，不平的情緒一下子就消失了。

看赫蘿完全沒有想要動身的意思，於是羅倫斯走近床邊為赫蘿蓋上棉被，再次露出苦笑。

然後，羅倫斯走回書桌，讓思緒重新回到行商計畫上。

既然原本的行商路線無法一邊尋找約伊茲，一邊長期停留北方，那就以在北方地區行商為前提，變更行商路線便可。姑且不論是否真的要變更行商路線，至少先想好行商計畫，也不會有任何損失。

而且，好久不曾在紙上寫下各地城鎮和行商路線，再一一舉出各地特產或獲利率較高的商品，從各種角度思考行商路線了。

想起那段寧願犧牲睡眠，也要擬定計畫的過去，就令人感到懷念。

不過，過去和現在有一個關鍵性的不同。

這計畫是為了自己，還是為了某人而想？

羅倫斯一邊聽著少根筋的鼾聲，一邊振筆疾書直到動物油做成的蠟燭燒盡為止。

「食物、酒和圍巾，還有這顆骰子。」

「還有嗎？」

「就這些唄。還有，咱收到了一大堆甜言蜜語。」

赫蘿一邊輕輕咬著梳理尾巴的梳子，一邊說道。羅倫斯聽了，露出疲憊神情看向她。

羅倫斯看赫蘿醒來幸好沒有宿醉，於是盤問起她昨晚的事。在充足的光線下一看，羅倫斯更篤定了赫蘿收到的禮物都是相當昂貴的東西。

「我看妳昨天吃吃喝喝得很盡興嘛，還有這圍巾是怎麼回事啊？妳竟然收下這樣的禮物……」

「這皮草品質很好唄？不過，輸給咱的尾巴就是了。」

「這是妳向人家討來的嗎？」

「咱才沒有那麼不知羞恥，是對方硬要買給咱的。不過，送圍巾當禮物真是別出心裁吶。」

赫蘿一發現羅倫斯把視線從狐狸皮草的圍巾移向自己，便滿心歡喜地說：

「想把咱圈住不放。」

「誰要聽妳搞笑啊。收下這麼昂貴的東西，總不能不做任何回應吧？真是的，本來想說可以靠別人討妳歡心的，這下虧大了。」

「呵呵呵，汝果然打著這種如意算盤。哎，咱就知道是這麼回事。」

「這圍巾的回禮我會從參觀祭典的經費裡面扣除喔。」

赫蘿聽了，瞬間露出不滿的眼神看向羅倫斯，但一發現羅倫斯反瞪著她，便假裝沒看見的樣子別過臉去。

「……真是的，妳該不會也露出耳朵和尾巴了吧？」

「這倒不用擔心，咱可沒那麼笨。」

雖然羅倫斯一想到赫蘿昨晚回來時的模樣，就不禁感到懷疑，但是他又覺得赫蘿應該不至於沒注意這方面的事。

「阿瑪堤有沒有問起我們的關係？」

「咱倒想先知道汝為何會這樣問。」

「如果沒有事先套好話，會惹來很多的猜測吧。」

「嗯。汝說對了，咱已經被追問了很多事情。咱回答說，咱是巡禮修女，就在壞人打算賣了咱時，汝出面救了咱。」

羅倫斯心想，除了赫蘿是修女的說法之外，其他內容算是與事實相符。

「然後吶，咱雖然被汝救了，卻因此欠了汝一大筆債。因為咱根本還不起，所以就為汝祈禱旅途平安來還債，是個命運坎坷的女子……哼哼，咱還特地用哀怨的語氣說話吶。如何？咱這故事編得很好唄？」

雖然羅倫斯覺得這故事內容像是把他形容成了壞人，但是又不得不認同這算是能夠說服對方的說法。

「一聽到咱這麼說，那小伙子就突然買了圍巾給咱。」

假巡禮修女露出小惡魔般的笑容說道。

「這樣說還算過得去。那，這骰子是怎樣啊？為什麼要買這種東西回來？」

昨晚羅倫斯在月光下沒能夠看清楚顏色，他現在一看，發現這顆看似出自一流打鐵師之手的立體方形金屬骰子，是呈現黃色的礦物。

乍看之下，金屬骰子就像未經過拋光的黃金。

不過，羅倫斯曾看過這種如黃金般的礦物。

這是未經過人工處理的天然礦物。

「那個啊，那是算命師在用的東西，據說是看得見命運的骰子。形狀很漂亮唄？能夠做出這麼漂亮的東西，還真教人佩服。肯定可以賣得高價唄。」

「大笨驢，妳想這種東西賣得出去嗎？」

羅倫斯故意學赫蘿的語氣罵人。赫蘿聽了，像彈開爪子似地挺起耳朵。

「這不是什麼骰子，這是稱為黃鐵礦的礦物。還有，這不是人類做出來的。」

或許是羅倫斯的話讓赫蘿感到意外，她露出訝異的表情。但羅倫斯無視於她的反應，用手抓起書桌上的黃鐵礦結晶丟向她說：

「原來掌控豐收的賢狼對石頭並不是那麼了解的樣子。那顆骰子被挖掘出來時，就長得像顆骰子了。」

赫蘿一副「怎麼可能」的表情笑笑，把玩著手中的黃鐵礦。

「妳應該知道我沒扯謊吧？」

赫蘿輕聲呻吟了一下，並用手指抓住黃鐵礦。

「這種東西沒什麼特殊用途，經常被當成名產兜售。還有啊，因為外觀很像黃金，所以也會被用來詐欺。妳有看到其他人買這東西嗎？」

「很多人買啊。用這骰子算命的算命師算得很準，就連咱都嘖嘖稱奇。而且，算命師瞎說只要擁有這骰子，任何人都能夠預測自己的命運，所以有很多人爭相購買算命師賣的骰子。算命師還用了其他各種理由推銷。」

「這種東西會有那麼多人想買？」

「嗯。就是形狀沒有這顆骰子這麼漂亮平整的骰子，算命師也說能夠治病或驅邪什麼的。」

羅倫斯不禁佩服起算命師能夠想到這麼好賺的生意。舉辦祭典或大市集時，時而會有奇怪的東西造成流行。

羅倫斯心想，這正是打算趁祭典的熱鬧氣氛撈一筆的生意吧，真虧算命師想得到利用黃鐵礦做生意。

「那骰子還是阿瑪堤標來的。」

然而，這回羅倫斯聽了，當真吃了一驚。

「標來的？」

「當時大家的反應都相當熱烈。咱第一次看到人們競標，真是嚇倒咱了。所以吶，應該可以賣得高價。」

赫蘿的話讓羅倫斯記起了在海拉姆地區的礦山地帶四處行走的巴托斯。

巴托斯知道這事情嗎？如果巴托斯有黃鐵礦的庫存，或者他有門路可以調來黃鐵礦，或許這生意能夠大賺一筆。

就在羅倫斯想到這裡時，傳來了敲門聲。

「？」

羅倫斯霎時以為有可能是阿瑪堤早發現了赫蘿的耳朵和尾巴，但是他又想到如果真是如此，直覺敏銳的赫蘿一定察覺得到。

羅倫斯把視線從房門移向赫蘿，發現赫蘿緩緩拉高棉被從頭部蓋住身子。看來，這次似乎不像在河口城鎮帕茲歐時那樣來了危險的訪客。

羅倫斯走近門邊，毫不遲疑地打開房門。

站在門外的是馬克店裡的小伙子。

「很抱歉一大早就來叨擾，主人要我來傳話。」

現在的時刻也不算是一大早，但是在這個市場差不多要開放的時刻，羅倫斯想不出有什麼重要事情非得特地派出小伙子來傳達。

羅倫斯霎時以為是馬克得了重病，但是他想到如果是這樣，就不會說是主人要傳話了吧。

赫蘿也動了一下，她只探出臉來。

小伙子因此發現了赫蘿的存在，並把視線移向赫蘿。看見用棉被從頭部蓋住身子的少女，小伙子似乎做了不該有的想像，他瞬間面紅耳赤地別過臉去。

「那麼，傳話內容是？」

「啊，是、是的。主人要我馬上通知您，所以我一路跑來。事情是——」

聽到令人難以置信的傳話內容後，羅倫斯也跟著在卡梅爾森的街上跑了起來。

第三幕

一大清早，卡梅爾森的街上就充滿了活力。

穿過連接南北向的大街，朝西邊洋行前進的途中，可看見有人正四處豎立像路標的牌子。

羅倫斯與小伙子一邊奔跑，一邊瞥了那些牌子一眼。他發現那些牌子果然就像路標，只是完全看不懂上面寫了什麼。牌子上頭寫了羅倫斯不曾看過的文字，其中有些牌子還纏上了鮮花、蕪菁葉和麥草做裝飾。

這些牌子應該會在今天展開的拉卓拉祭上使用吧，只可惜羅倫斯現在沒有閒情逸致去了解真相如何。

小伙子可能是一天到晚都被馬克使來喚去吧，他的腳程非常快，而且不會氣喘吁吁。就連對體力頗有自信的羅倫斯，也只能夠勉勉強強地跟上。就在羅倫斯快要喘不過氣時，兩人總算抵達了洋行。

洋行那給人強烈的排他感、總是緊閉著的堅硬木門大方地敞開，約有三名商人一大早就在入口處喝著酒。

三人原本面向洋行裡面開心地交談著，一發現羅倫斯來到洋行，便一邊向羅倫斯招手，一邊朝著裡面大喊：

「喂！鼎鼎大名的騎士哈希姆大駕光臨了！」

聽到自己被稱呼為騎士哈希姆，羅倫斯確信了小伙子告訴他的不是謊言，也不是玩笑話。

這是流傳於被大海和葡萄園環繞的熱情國度——艾瑞亞斯的著名戀愛故事。

宮廷騎士亨托．拉．哈希姆就是這個故事的主人翁。

然而，儘管被稱呼為騎士，羅倫斯卻是一點也不開心。

騎士哈希姆為了所愛的貴族女孩伊麗莎勇敢奮戰，並接受了國王之子菲利浦三世以伊麗莎為賭注的決鬥，最後卻步上喪失性命的悲慘命運。

羅倫斯跑上石階，撥開齊聲歡呼的商人們衝進了洋行。

所有人的視線有如長槍射向被處以礫刑的罪犯般，集中在羅倫斯身上。

在洋行最裡面，也就是洋行主人坐鎮的吧檯前面。

那裡站了國王之子菲利浦三世。

「我在此重新宣告！」

尖細高亢、如少年般的聲音在洋行大廳裡響起。

那聲音發自並非穿著販魚大盤商會穿著的、塗有油脂的鞣皮外套，而是身穿禮儀場所必備的長袍、裝扮十足像個貴族之子的阿瑪堤。

阿瑪堤的視線直直投向羅倫斯，大廳裡的商人們無不屏氣寧息地注視著阿瑪堤。

阿瑪堤在這時舉高短劍和一張羊皮紙宣告：

「由我來償還巡禮修女那纖細肩膀背負的欠債。當美麗女神恢復自由之身時，我將對著在天上守護著羅恩商業公會的聖人蘭巴爾多斯發誓，我願意將忠誠的愛獻給巡禮修女赫蘿！」

一陣夾雜著笑聲和感嘆聲，還帶有一股不可思議熱氣的呼聲迴盪在大廳裡。

阿瑪堤完全不理會這些聲音，他緩緩放下手，一百八十度反轉右手拿著的短劍後，抓住劍柄遞向羅倫斯說：

「赫蘿小姐已經告訴我她遭遇的苦難，以及她受到的待遇。我打算以我身為自由人的身分和財產為她找回自由羽翼，並且打算向她求婚。」

馬克昨天說的話在羅倫斯的腦海裡鮮明地浮現。

那種年紀的傢伙一旦著迷了，什麼荒唐事都敢做。

羅倫斯帶著苦澀心情先看向阿瑪堤遞出的劍柄，再看向羊皮紙。

因為羅倫斯與阿瑪堤之間還有些距離，所以看不清楚紙上寫的內容；但是羅倫斯心想，應該是具體寫上阿瑪堤剛剛說的話的文章吧。羊皮紙右下角的紅印一定不是蠟印，而是血印。

在沒有公證人的地區、或是想要訂定比委託公證人更具價值的契約之際，人們會採用契約法。所謂的契約法就是由在契約書上蓋了血印的人，將短劍交給對方，然後對神發誓。

當無法遵守這份契約時，蓋上血印者不是得用短劍殺死對方，就是得刺向自己的喉嚨。

一旦羅倫斯收下阿瑪堤遞出的短劍，這份契約將正式成立。

然而，羅倫斯當然沒有採取行動，因為他壓根兒沒想到事態會演變成如此。

「羅倫斯先生。」

阿瑪堤的眼神犀利，彷彿話語是從眼睛發出似的。

羅倫斯不覺得能夠用三流的藉口或忽視來躲避阿瑪堤。

他在痛苦之餘，說出了爭取時間的話：

「赫蘿欠我債務是事實，而我請她以祈禱旅途平安來還債也是事實。不過，這不表示債務還清了，她就不肯再當我的旅伴。」

「這當然，但是我有自信她會為我放棄當您的旅伴。」

「喔～！」大廳再度響起一小陣呼聲。

雖然阿瑪堤不像喝醉酒的樣子，但是他的模樣像極了菲利浦三世。

「……而且，儘管不是百分之百虔誠，但赫蘿確實是個巡禮修女。要結婚──」

「如果您以為我不懂這方面的規定，那您多操心了。因為我知道赫蘿小姐並不屬於任何一家修道會。」

為了避免「糟了」兩字脫口而出，羅倫斯只能夠緊閉雙唇。

巡禮修女分為兩種。一種是其隸屬的宗派，不擁有教會認可的托缽修道會這類據點的修道士。另一種是不屬於任何修道會，「自稱」修道士的巡禮修女。

大部分的巡禮修女都屬於這種自稱修道士，她們不過是為了旅行方便而如此自稱罷了。當然了，因為她們不屬於任何修道會，所以就不受到聖職者所受的結婚限制。

阿瑪堤知道赫蘿是自稱修道士。這麼一來，就不能現在找一家修道會，然後彼此套好話來騙阿瑪堤。

阿瑪堤滔滔不絕地接續說：

「其實我也不願意以這種形式向羅倫斯先生提出契約。想必在場的人都認為我是騎士哈希姆故事裡的菲利浦三世吧？不過，依卡梅爾森的都市法規定，女性背有債務時，該女性的監護人會是其債權者。當然了——」

阿瑪堤說到這裡停頓了下來，他咳了一聲後，才繼續說：

「如果身為監護人的羅倫斯先生願意無條件認同我向赫蘿小姐求婚，那就沒必要拿出這樣的契約了。」

鮮少有機會目睹的兩男爭女劇是最佳的酒席助興話題。

低聲竊笑的商人們觀察著事態的演變。

只要是有經驗的商人，想必都不會認為赫蘿與羅倫斯的關係就如阿瑪堤的敘述那般。不如說，當真認為背負債務的巡禮修女是為了還債，而替商人祈禱旅途平安才有問題。一般人自然會認為修女是不願意被賣掉來抵債，才跟在商人身邊；或者是自願陪在商人身邊。

想必阿瑪堤當然也想過這方面的可能性，只不過他一定認為是前者吧。

將命運坎坷的可憐美麗修女從負債的枷鎖當中解救出來；一定是這個光明正大的理由讓阿瑪堤能夠不顧眾人目光，採取如此大膽的動作吧。

就算事實上阿瑪堤沒有這麼想，但目前的事態卻讓羅倫斯成了惡人。

「羅倫斯先生，您願意收下訂定契約的短劍吧？」

一旁觀察事態的商人們咧嘴露出牙齒，沒出聲地笑著。

身邊帶著美女行動的旅行商人因為防守不足，眼看就要被年輕魚商搶走美女。

這般餘興節目可是難得一見吶。

而羅倫斯不管用什麼藉口推辭，都只會讓他顯得狼狽。

既然這樣，羅倫斯只好表現出不輸給阿瑪堤的宏偉氣度了。

而且，羅倫斯認為赫蘿絕不可能因為阿瑪堤幫她還清債務，就不再與羅倫斯旅行，所以沒什麼好擔心的。

「我可沒粗心大意到連看都不看，就簽下契約書。」

阿瑪堤點點頭，並收起短劍，然後遞出了羊皮紙契約書。

羅倫斯在眾目睽睽之下，緩緩走近阿瑪堤並收下契約書過目。

契約書上寫的內容果然與阿瑪堤方才的宣言沒有太大出入，只是改以艱深的文章表現罷了。

在契約書的內容當中，羅倫斯最關心的地方是阿瑪堤應該償還的欠款金額。

赫蘿究竟說了多少金額呢？

看阿瑪堤能夠如此自信滿滿地宣言，或許是相當便宜的金額。

跟著，羅倫斯在一行文字中找到了這個金額。

羅倫斯霎時以為自己看花了眼。

一千枚崔尼銀幣。

羅倫斯確實感受到一股安心感在心中蔓延開來。

「您確定這份契約書上的記述內容無誤吧？」

羅倫斯再次從頭看了一遍契約書內容，也確認了其中沒有容易被曲解的陷阱記述。當然了，羅倫斯也試著在當中找找看有沒有不是陷阱，而是他自身能夠利用的記述。

然而，契約書上硬邦邦的艱深文章，正是為了不留給羅倫斯這樣的機會，也是預防被扯後腿的對策。

看見阿瑪堤點點頭，羅倫斯也只能夠跟著點頭。

「我明白了。」

羅倫斯說罷，便把契約書交給了阿瑪堤，並以眼神示意。

阿瑪堤再次將手中的短劍劍柄遞向羅倫斯。

羅倫斯把手伸向劍柄，契約也在此刻正式成立。

所有在場的商人都是這份契約的證人。而更重要的，是這把短劍是以公會的聖人蘭巴爾多斯之名立誓。

商人們一齊揚聲並舉杯互碰，擅自為這場餘興節目下定論。

在一片喧囂之中，兩位當事人安靜地注視著彼此，然後把契約書與短劍交給一副疲憊模樣的洋行主人保管。

「這份契約的履行期限是祭典最終日，也就是明天的日落時刻。您沒意見吧？」

羅倫斯點頭回應阿瑪堤的詢問，並故意說了句：「請以現金支付一千枚崔尼銀幣，絕不接受殺價或分期付款。」

就算阿瑪堤是個擁有運送三輛馬車鮮魚的魚商，也不可能擁有輕輕鬆鬆就拿出一千枚崔尼銀幣的財力。如果他是財力如此雄厚的商人，羅倫斯早該有所耳聞。

當然了，如果是金額達一千枚崔尼銀幣的採買，相信阿瑪堤就有辦法輕鬆做到。

不過，如果把話說得難聽一點，阿瑪堤這樣的行為等於是用一千枚銀幣買下赫蘿。只要羅倫斯沒有賣掉赫蘿的打算，這一千枚銀幣就只會是從阿瑪堤的荷包直接跑進羅倫斯的荷包裡罷了。

如果阿瑪堤當真這麼做了，他一定會苦於沒有資金採買明天的鮮魚。就算赫蘿當真接受了阿瑪堤的求婚，想必迎接兩人的也會是嚴苛的生活和生意。雖然詩人會說金錢買不到愛，但反之也是真理。

「那麼，羅倫斯先生，我們明天同樣約在這裡相見吧。」

即便如此，阿瑪堤依然是一臉興奮難消的表情，他昂首闊步地從大廳走出了洋行，沒有人叫住他。所有人的視線隨即一齊聚焦在羅倫斯的身上。

如果這時不表示些什麼，大家會認為他是上了阿瑪堤的當、毫無價值可言的旅行商人。

羅倫斯立起衣領，自信滿滿地說：

「我想，如果只是代償債務的區區小忙，想必我的夥伴不會屈服於他吧。」

四周響起一陣歡呼，彷彿在說「說的好」似的。而「羅倫斯兩倍、阿瑪堤四倍！有誰要下注啊？」的喊叫聲也隨即響遍整間洋行。

自告奮勇當莊家的人是羅倫斯也熟識的鹽商，他一發現羅倫斯看向自己，便對著羅倫斯咧嘴一笑。

羅倫斯的倍率會設定得比較低，也就代表在場的商人們判斷局勢對阿瑪堤比較不利。當羅倫斯看到一千枚銀幣的記述時，在他心中蔓延開來的安心感並非基於他滿懷期望的觀測。而是以常識來看，阿瑪堤提出的契約顯然是個有勇無謀的舉動。

一個接一個不停下注的商人們也多是投注給羅倫斯。被投注的金額越高，羅倫斯的信心也就隨之越強。

雖然羅倫斯聽到阿瑪堤宣言要向赫蘿求婚時，差點沒嚇破了膽，但是阿瑪堤實現宣言的可能性可說相當低。

而且雖然目前來看，阿瑪堤已經處於劣勢；但還有最後一道關卡能讓羅倫斯感到更加放心。也就是只要赫蘿沒有點頭答應，阿瑪堤與赫蘿就不可能結得了婚。

對於這點，羅倫斯有絕對的信心。

阿瑪堤不可能得知赫蘿與羅倫斯正一起尋找著北方的故鄉。

羅倫斯曾向赫蘿說過，對商人而言，情報比什麼都重要。如果沒有得到情報，就像被矇住眼睛上戰場一樣。

現在的阿瑪堤就是典型的欠缺情報。因為只要他一個疏忽，就算跑遍全城、拚命籌足一千枚銀幣幫赫蘿還清了債務，赫蘿仍然十分有可能與羅倫斯一同前往北方。

羅倫斯一邊思考著這些事情，一邊為自己因為不可抗拒的因素而造成騷動一事向洋行主人致歉後，便立刻離開。

商人們下完注後一定會把注意力轉移到羅倫斯的身上，羅倫斯心想在那之前離開才是上策。因為他可不想自己成了酒席的助興話題。

羅倫斯在眾多商人之中推擠，好不容易走出洋行後，便發現洋行外面站了個他認識的人。

那人是介紹編年史作家狄安娜給羅倫斯認識的巴托斯。

「您還真是碰上了個大麻煩。」

看見羅倫斯以苦笑回應，巴托斯也一副同情的模樣笑笑——

便立刻說了句「不過」，並接續說：

「我認為阿瑪堤先生是想到調度資金的方法，才會提出契約。」

聽到巴托斯令人意外的發言，羅倫斯臉上的苦笑隨之消失。

「不會吧？」

「當然，那方法好像不算挺正派就是了。」

羅倫斯心想，總不可能是像他在留賓海根採用的那種方法吧。

在卡梅爾森沒有會被課收高額關稅的商品。如果不會被課稅，當然沒有走私的意義。

「我想不用多久的時間，消息就會傳到大家耳中，所以我就不詳細說明了。如果我太袒護羅倫斯先生，鼓足勇氣在洋行裡大膽宣言的阿瑪堤先生就太可憐了。我只是想早點把這件事情告訴羅倫斯先生而已。」

「為什麼呢？」

巴托斯露出少年般的笑容。

「因為不管理由為何，能夠擁有一同旅行的夥伴都是件令人開心的事。如果這個夥伴被搶走了，這對旅行商人來說，未免也太殘酷了。」

巴托斯面帶笑容說道，他的模樣讓人感受得到那是毫無虛假的真心話。

「您應該早點回到旅館，趕緊擬定對策比較好吧。」

在羅倫斯眼中，巴托斯就像願意以有利條件與羅倫斯商談大筆生意的交易對象一樣。羅倫斯向他敬了個禮後，便往旅館方向走去。

阿瑪堤已經想到調度資金的方法了。

雖然羅倫斯錯估了這件事，但是羅倫斯與赫蘿之間仍然有巴托斯不知情的事情。

羅倫斯一邊走在因為祭典而被限制通行的大街上，一邊在心中來回思考了好幾次。

他得到的結論是赫蘿不可能倒向於阿瑪堤。

羅倫斯把事情經過告訴了留在旅館的赫蘿後，卻得到赫蘿意外的冷淡反應。

當赫蘿聽到馬克派來的小伙子的傳話時，固然表現得驚訝；但是到了現在，她似乎覺得梳理尾巴比較重要。盤腿而坐的赫蘿直接把尾巴放在腿上梳理著。

「所以，汝接受那份契約了嗎？」

「嗯。」

「是麼……」

赫蘿一副冷淡的模樣說道，跟著立刻把視線移向尾巴。看著赫蘿不太感興趣的模樣，羅倫斯不禁憐憫起阿瑪堤。

羅倫斯望向木窗外，在心裡暗自說「根本沒什麼好擔心的」，這時赫蘿忽然出聲說：

「汝啊。」

「什麼事？」

「萬一那位天真的少爺確實付了一千枚銀幣，汝會怎麼做？」

羅倫斯心想，如果這時回答「什麼怎麼做？」赫蘿肯定會露出覺得無趣的表情。想必赫蘿是想知道當羅倫斯被這麼詢問時，最先浮現在腦海裡的是什麼想法。

羅倫斯假裝稍做了思考後，故意挑了個不是最佳答案的答案回答說：

「結清所有妳花掉的錢之後，我會把剩下的錢給妳。」

赫蘿頭上的耳朵緩緩動著，她的眼瞼遮住了一半的眼睛。

「不准考驗咱。」

「每次都是我被考驗就太不公平了吧。」

「哼。」

赫蘿一副很無趣似地用鼻子哼了一聲後，便把視線拉回手邊的尾巴。

羅倫斯故意不說出最先浮現在他腦海裡的想法。

而且，羅倫斯是為了試探赫蘿會不會察覺到他是故意不說的。

「萬一阿瑪堤完成了契約，我也會遵守契約。」

「喔？」

雖然赫蘿沒有抬起臉，但是羅倫斯當然知道赫蘿根本沒看著尾巴。

「當然，妳本來就是自由之身，妳可以照自己的心意去做。」

「汝相當有自信吶。」

赫蘿改變盤著腿的姿勢，讓雙腳踏在地面。

她的姿勢有些像每次打算撲向羅倫斯前的準備動作，這使得羅倫斯顯得有些畏縮，但是仍立刻充滿信心地回答說：

「我不是有自信，我只是信任妳而已。」

一件事情可以有好幾種說法。

雖然到頭來都是說出相同的事態，但是羅倫斯覺得這種說法顯得更有男子氣概。

赫蘿霎時露出驚愕的表情，但是反應快的她似乎察覺到羅倫斯的想法。

她開心地笑笑後，快速地從床上站起來說：

「真是的，汝驚慌失措時的樣子還比較可愛吶。」

「連我都深刻感受到自己成長了不少。」

「哼。汝以為只要表現得穩重，就算是大人了嗎？」

「不是嗎？」

「面對一場賭局，先確認自己能否獲勝，等到篤定局勢對自己有利後，才一副遊刃有餘的樣子，純粹是有點小聰明的表現罷了，根本不是大人的表現。」

聽到高齡數百歲的賢狼發表著高論，羅倫斯臉上不禁露出像是聽到有人在推銷詭異商品的懷疑表情。

「好比說吶，當阿瑪堤提出契約時，拒絕簽約也是很了不起的表現，是唄？」

羅倫斯還來不及說「沒那回事」，赫蘿已經搶先接續說：

「反正汝一定是先觀察周遭的反應，然後再判斷自己會不會丟臉，是唄？」

「唔……」

「不妨想一下假設立場互換時的情況。也就是說，咱會這麼說——」

赫蘿先咳了一下，然後用右手按住胸口說：

「咱怎麼都不可能接受那份契約，咱想要永遠和羅倫斯在一起。就算是負債，那也是連繫咱和羅倫斯的羈絆之一。儘管咱和羅倫斯之間有再多羈絆相連，只要少了其中之一，都教咱無法承受……既然這樣，就算在此受到恥辱，咱也不會接受契約……就像這樣，如何？」

這彷彿是歌劇裡的情節。
赫蘿的表情是如此認真，她說的話重重地打動了羅倫斯的內心深處。
「咱如果聽到有人對咱這麼說，一定會開心得喘不過氣來。」
雖然羅倫斯知道赫蘿當然是在開玩笑，但是又覺得她說的話不無道理。
不過，羅倫斯可不願意這麼直率地承認。因為一旦承認了，羅倫斯就成了為顧及體面，而接受契約的沒骨氣男人。而且，如果在眾人面前如此坦率地宣言，就算當場沒被取笑，事後也會帶來困擾。
「或許這樣確實很有男子氣概。可是，這算不算是大人的表現又是另一回事吧？」
赫蘿把雙手交叉在胸前，讓視線在空中飄移了一下後，輕輕點頭說：
「的確，雖然這是好雄性的表現，但卻是年輕人不顧後果的衝動表現吶。聽到這樣的表白或許會覺得開心，不過，恐怕會打飽嗝兒唄。」
「我說的對吧？」
「嗯。這麼一想，或許好雄性的表現和好大人的表現互不相容。好雄性顯得孩子氣，而好大人顯得窩囊。」
如果頑固的騎士聽了赫蘿如此瞧不起男人的發言，恐怕會怒而拔劍相向吧。
看著赫蘿對自己露出帶有嘲弄意味的笑容，羅倫斯當然沒放棄反擊：

「那麼，既是好女人，又是好大人的賢狼赫蘿如果收到阿瑪堤的契約，會怎麼應付呢？」

赫蘿的臉上依然掛著笑容。

雙手依舊交叉在胸前的她當場回答：

「當然是笑著接受契約。」

羅倫斯聽了啞口無言，而赫蘿的笑容緊追著他不放。

看赫蘿淺淺一笑，似乎不費吹灰之力就能夠接受阿瑪堤契約的輕鬆模樣，羅倫斯想像得出她是多麼地從容不迫、是多麼地有深度。

然而，羅倫斯並沒有像赫蘿一樣的想法。

這讓羅倫斯再次體會了站在他面前的到底是自稱賢狼的赫蘿。

「當然了，簽完約回到旅館後吶，咱會像這樣，什麼都不說地走近汝的身邊……」

赫蘿一步一步地把羅倫斯逼退到窗邊後，鬆開交叉在胸前的手，跟著輕輕伸向羅倫斯說：

「然後低下頭來。」

赫蘿垂下尾巴和耳朵，甚至連肩膀也虛脫無力的模樣顯得十分虛幻。如果這是赫蘿設下的陷阱，一定無法識破吧。

下一秒鐘傳來了赫蘿的竊笑聲，這讓羅倫斯感到無限恐懼。

「不過，汝算是個好商人。想必汝是判斷這是一場有勝算的賭局，所以才簽了約唄。但是，汝肯定會暗地裡採取各種行動，做好萬全準備。」

赫蘿抬起垂下的頭，一邊看似愉快地甩動耳朵和尾巴，一邊旋轉身子半圈，讓身體緊貼羅倫斯的側身。

羅倫斯當然立刻明白了赫蘿的意思。

「妳是要我帶妳去看祭典吧？」

「商人為了契約會不惜賄賂唄？」

羅倫斯與阿瑪堤的契約和赫蘿並沒有直接關係。即便如此，阿瑪堤的求婚能否成功，卻是這場騷動的終點。如果要用毫不修飾的言語形容這狀況，那就是羅倫斯能否全數賺得一千枚銀幣，全得看赫蘿的心情好壞。

以羅倫斯的立場來說，怎能夠不賄賂擁有裁判權的赫蘿呢？

「不管怎樣，我都得動身收集有關阿瑪堤的情報，就順便帶妳去吧。」

「應該是帶咱去，然後順便收集情報唄？」

「好啦。」

腰部被赫蘿揍了一拳的羅倫斯一邊笑笑，一邊嘆了口氣回答道。

首先，應該調查阿瑪堤的財產。

照推測，阿瑪堤不可能一次拿得出一千枚銀幣，而巴托斯也說阿瑪堤為了籌錢，甚至用了不太正派的方法，所以這應該是事實吧。

可是，萬一阿瑪堤當真籌足了錢，那可就傷腦筋了。於是，羅倫斯便決定到馬克的攤販拜託他幫忙調查。

因為馬克的攤販在祭典期間仍然照常營業，所以沒機會親眼目睹那場騷動的馬克很爽快地就答應了。在只有流言不斷傳開、大多數的商人都沒見過赫蘿廬山真面目的狀況下，帶著赫蘿來到馬克的攤販果然相當有效。

如果能夠坐在第一排座位觀賞整場騷動的發展，這一點忙根本是小事一樁。

「而且，在城裡四處奔跑的人又不是我。」

雖然跑腿的小伙子教人同情，但這是每個人必須走過的路，令羅倫斯感到心情實在複雜。

「不過，你帶著傳言中的美女到處亂晃，這樣好嗎？」

「她自己說想要看拉卓拉祭。而且，如果把她關在旅館房間裡，那我不就真成了用債務綁住她的人了？」

「雖然羅倫斯先生是這麼表示，但事情的真相如何呢？」

馬克一邊笑笑，一邊對著赫蘿問道。赫蘿這天打扮成平時的城市女孩模樣，並且圍上了阿瑪提贈送的狐狸皮草圍巾，她一副明白馬克想法的模樣，用雙手按住胸口回答說：

「哪有什麼真不真相的，咱本來就是被莫大的負債枷鎖綁住了。這個令人看不見未來的枷鎖，沉重得讓咱想逃跑都跑不了……如果您願意幫咱取下枷鎖，就是被麵粉弄得灰頭土臉，咱也樂意。」

馬克聽了，瞬間大笑了起來。

「哇哈哈哈哈，難怪阿瑪堤會拜倒在妳的石榴裙底下。照這情形看來，被綁住的人肯定是羅倫斯吧。」

羅倫斯沒反擊地別開了臉。他知道在馬克與赫蘿的雙面夾攻下，自己根本沒有勝算。不過，或許是羅倫斯平時為人和善，他的救世主正好在此時出現。

小伙子穿過擁擠的人潮，跑了回來。

「我調查到了。」

「喔，辛苦啦。調查結果怎樣？」

小伙子一邊向馬克報告，一邊也不忘向羅倫斯與赫蘿打招呼。

他這時一定不是想聽到馬克或羅倫斯慰勞他，而是想看見赫蘿的笑容。

明白小伙子這般心態的赫蘿把頭一傾，朝小伙子露出比平常更顯高雅的微笑。她如此罪惡深重的舉動害得小伙子面紅耳赤。

「結果到底怎樣？」

看著馬克不懷好意地笑著問道，小伙子慌張地準備回答。擁有像馬克這樣的主人，小伙子長久以來肯定老是被捉弄吧。

「啊，是的。那個，納稅帳簿上的課稅金額是兩百伊雷多。」

「兩百伊雷多啊。也就是……八百枚左右的崔尼銀幣，這金額應該是城鎮參事會掌握到的阿瑪提現有財產。」

除了少數人例外，只要是擁有某程度財產的城鎮商人都必須納稅。所有納稅金額都會被記錄在納稅帳簿上，有生意往來的商人都可以閱覽納稅帳簿。馬克是透過友人幫忙，拜託與阿瑪提有生意往來的商人調查阿瑪提的納稅金額。

不過，城鎮商人不可能向城鎮參事會提出正確的財產申報，所以阿瑪提一定多少有未公開的財產。況且，商人的大部分財產都是以應收債權的形式存在。

但是，即便阿瑪提還有其他財產，憑他也不可能一次拿得出一千枚銀幣買下赫蘿。

這麼一來，如果說阿瑪提確實有達成契約的打算，他可能採取的就只有借錢或賭博等短時間籌足巨額的方法。

「卡梅爾森的賭場在哪裡？」

「不是說卡梅爾森沒有教會，就可以放任賭博行為啦。這裡頂多會玩玩撲克牌、骰子、追兔子而已。賭金也有上限規定，不可能靠賭博籌錢的。」

只聽到簡短問句，就能夠立刻說出確切的答案，可見馬克自身也針對阿瑪堤的籌錢方法做了思考分析。

不管怎麼說，阿瑪堤的舉動等於是準備用一千枚銀幣買下無法變換金錢的商品，沒有一個商人會不想了解阿瑪堤的資金來源。

羅倫斯一邊想著這樣的事情，一邊思考接下來要拜託馬克做什麼調查時，馬克忽然開口：

「對了，說到賭博，聽說除了你和阿瑪堤的契約會如何進展的賭注之外，還有契約完成後的賭注呢。」

「完成後？」

「嗯。也就是假設契約是由阿瑪堤獲勝，在那之後的勝負會如何的賭注。」

馬克露出挑釁笑容，而羅倫斯的表情則變得苦澀。

成為勝負關鍵的赫蘿本人似乎對堆放在攤販裡面的麥束和麵粉感到興趣，她一邊讓小伙子勤快地為她帶路，一邊四處參觀。

馬克說的話似乎也傳進了赫蘿的耳中，她看向羅倫斯的方向。

「雖然目前是你佔上風，但是倍率是一．二。戰況很接近呢。」

「我應該要求莊家分點錢給我的。」

「哈哈哈。那，實際上是怎麼回事呢？」

馬克會這麼詢問，當然是企圖打聽出對賭注有利的情報好讓自己贏錢，同時也是他本性愛湊熱鬧。

羅倫斯沒怎麼理睬馬克的詢問，他只是聳了聳肩。然而，不知何時已走近羅倫斯身邊的赫蘿回答了這個問題。

「在世上，有很多問題即使早有了答案，也無法輕易回答。好比說麵粉的混合比例吶。」

「唔。」

馬克急忙看向小伙子，小伙子拚命地搖頭，彷彿在說他什麼都沒說似的。赫蘿所說的麵粉混合比例指的是麵粉純度。小麥商人為了增加麵粉的量，經常會在小麥磨成的麵粉裡參雜一些成本較低廉的麵粉。

如果只是參雜極其少量的不同麵粉，即使是每天接觸麵粉的小麥商人也無法辨別。不過，對寄宿在麥子裡的赫蘿來說，想必是一目瞭然吧。

赫蘿不懷好意地笑笑後，接續說：

「您想問看看咱的債務如果被還清了，咱會怎麼做嗎？」

赫蘿使出她的看家本領——不帶半絲笑意的滿面笑容。

馬克和小伙子一樣用力地搖著頭，並且露出求救的眼神看向羅倫斯。

「可是這麼一來，也只能夠直接監視對方的行動囉。」

「真陰險。」

赫蘿一針見血的意見在羅倫斯的胸口扎了一下。

「真希望妳用這是一場水面下的競賽來形容。反正對方一定也派了人監視我的一舉一動。」

然而，重新振作起來的馬克卻唱反調地說：

「不，我不這麼認為。你看阿瑪堤他雖然外表柔弱，但畢竟他隻身離家出走來到這個邊疆城鎮，然後靠自己的力量得到今天的成就。而且，他還那麼年輕，很多事情他都是以自我為中心。他不但不重視像我們城鎮商人這樣的橫向關係，他甚至會蔑視像剛剛說到的陰險行為。他只相信自己辨別魚好壞的能力、推銷口才，還有神明的庇祐吧。」

羅倫斯暗自說：「簡直就像騎士嘛。」想到阿瑪堤靠著這樣的作風能夠站上如今的地位，羅倫斯不禁感到有些羨慕。

「就是因為這樣，阿瑪堤才會迷戀上忽然來到城裡的魅力女孩吧？畢竟城裡的女子之間存在著比城鎮商人更強的橫向關係。她們老是在意周遭的批評，彼此互相監視，只要有人顯得特別突出，她們就會全體展開攻擊；我想她們也是阿瑪堤蔑視的對象吧。當然了，和雅黛兒結婚後，我就明白了不是城裡的女子都是那樣子的。」

就旅行商人來說，羅倫斯非常能夠理解馬克的說明。站在外來者的角度來看，卡梅爾森的女子們確實是如此。
羅倫斯看了走近他身邊的赫蘿一眼。他心想在那樣的狀況下，如果遇上赫蘿般的女孩，或許看了一眼就會為之傾倒吧。而且，一般人會認為赫蘿是個普通女孩，想必就會更容易愛上她吧。
「不過，就算阿瑪堤先生是那樣的人，我還是可以大方利用商人的橫向關係。如果是騎士之間的競賽，陰險的行為或許會被責難；但如果是商人之間的競賽，可就不接受向人訴苦抱怨這種事了。」
「嗯，這點我也贊成。」
馬克說罷，便看向赫蘿。
羅倫斯也再次看向赫蘿，而赫蘿一副早就等著羅倫斯看向她的模樣用雙手捧著臉頰，然後嬌羞地開口說：
「真希望有人偶爾會光明正大地從正面攻擊咱吶。」
羅倫斯心想，馬克一定也領悟到想要打敗赫蘿是不可能的事了吧。
後來，羅倫斯決定拜託馬克利用他的門路收集阿瑪堤的情報。在拜託馬克時，羅倫斯也不忘向馬克補充說明了巴托斯表示阿瑪堤似乎已想到調度資金方法的消息。

雖然羅倫斯信任赫蘿，但如果因為信任，就要賴地什麼都不做，羅倫斯不敢想像赫蘿會做出什麼舉動扯他的後腿。再說，對於收集阿瑪堤的情報一事，羅倫斯另有盤算地想著或許能夠搭阿瑪堤的便車大撈一筆。

因為羅倫斯與赫蘿一直在馬克的攤販前面停留，只會打擾馬克做生意，所以委託馬克收集情報後，兩人便離開了攤販。

卡梅爾森的街上似乎越來越有活力，即使走出市場來到廣場上，仍然看得到與市場一樣擁擠的人潮。

時間已接近中午時刻，沿路上吸引人的攤販無不大排著長龍。當然了，赫蘿不會因為這樣就死心，她緊握著從羅倫斯手中搶來的貨幣，在吸引她的攤販前面排隊。

羅倫斯在遠處望著赫蘿排隊，心想告知中午時刻的鐘聲差不多快響起了吧。這時，忽然傳來了顯得遲鈍且低沉的聲音。

「號角？」

說到號角，就會聯想到牧羊人；這讓羅倫斯記起了在留賓海根一起鋌而走險的諾兒菈。但他心想，如果被直覺好的赫蘿識破，那就麻煩了。

羅倫斯一邊把諾兒菈的身影趕出腦海，一邊尋找聲音傳來的方向時，順利買到目標商品——炸麵團的赫蘿走了回來。

「汝剛剛有沒有聽到像牧羊人發出的聲音？」

「有。妳都這麼認為了，那果然是號角聲沒錯。」

「這裡到處都是食物的味道，咱根本聞不出來附近有沒有羊隻。」

「市場裡面應該有很多羊吧。可是，總不會在城裡吹號角啊？」

「嗯，畢竟牧羊女又不在這裡吶。」

因為羅倫斯早料到赫蘿會這麼說，所以他沒有顯得太動搖。

「唔。汝如果一點都不動搖，那不就變成像是咱想要試探汝的心似的。」

「那我真是喜不自勝呢，高興得教人害怕啊。」

赫蘿一臉開心地咬下炸麵團，發出酥脆的聲音。羅倫斯一邊微笑，一邊把視線再次移向四周，他發現人群都往相同方向移動──人們正朝著市中心前進。方才的號角聲應該是祭典開始的信號吧。

「祭典八成已經開始了，要去看嗎？」

「老是吃東西也很無趣。」

羅倫斯苦笑著踏出步伐後，赫蘿隨即跟上腳步，並伸手握住羅倫斯的手。

兩人隨著人群移動，沿著市場旁朝北邊走去。不久後，人們的歡呼聲夾雜著笛聲和太鼓聲傳了過來。

前方可看見打扮得像赫蘿般的城市女孩，或是像從職場偷跑出來、滿臉黑抹抹的工匠學徒，還有衣服上別了三根羽毛的旅行佈道士，以及輕便裝扮的騎士和傭兵，真可說是聚集了各式各樣的人。

以歡呼聲傳來的方向來說，其位置應該是在把卡梅爾森分成東西南北四向的兩條大街交叉處。然而，因為人群聚集的緣故，根本看不見交叉路口。雖然赫蘿試著拉長脖子想看祭典狀況，但是就連羅倫斯都看不見了，比他嬌小許多的赫蘿怎可能看得見。

羅倫斯忽然想到一件事，於是他拉起赫蘿的手，從大街上轉進旁邊的小巷子裡。

有別於鼎沸不絕的大街，一進到小巷子裡，四周立刻靜謐下來。在這裡，可看到用破布包住身體的乞丐一副自己與大街熱鬧氣氛無緣的表情在睡覺，或是工匠們為了準備攤販的販賣商品，在開放的作業場地忙碌地工作。

赫蘿似乎立刻察覺到羅倫斯打算帶她到何處，她安靜地跟隨著羅倫斯。

如果祭典是在大街上舉行，從羅倫斯兩人投宿的旅館一定能夠清楚看見祭典的盛況。

兩人以輕快的腳步在行人稀少的小巷子裡走著，然後從後門進到旅館爬上二樓。

走上二樓之後，隨即發現有人似乎想到同樣的點子，並打算利用這個點子做生意。幾間面向大街的房間房門敞開著，看來狡猾的商人拉了把椅子坐在門口，閒來無事地把弄著貨幣。

「就這點來說，應該感謝阿瑪堤的。」

進到房間，一打開木窗，羅倫斯瞬間便發現窗戶邊是觀賞祭典的頭等位置。只要稍稍探出頭，通往東西向和南北向的兩條大街交叉路口一覽無遺。而且，就算只是很正常地從屋內看向窗外，也足以眺望整個祭典狀況。

在交叉路口演奏著笛子和太鼓的人們，都從頭部套上黑色長袍裹住全身，看來詭異無比，讓人甚至無法分辨是男是女。

在這些黑衣人後方，有裝扮十分不可思議的人們步行跟隨著。

有的裝扮是好幾個人藏在使用多人份布料縫合成的一件巨大衣服底下，頭上還舉著人臉面具；有的裝扮是從頭部套上長袍扮演著巨人，想必長袍底下是一人坐在另一人的肩上吧。其中有的巨人拿著用木棍組成的大型長劍，有的巨人拿著高過身高的大型弓箭。每當這些巨人揮舞巨型長劍或弓箭時，觀眾便會隨之發出歡呼聲。

不過，就在羅倫斯心想「表演也不過如此而已」時，聽到一陣群眾的齊聲高呼，跟著傳來了不同的樂器聲。

赫蘿也輕輕叫了一聲，羅倫斯怕擋住赫蘿的視線，於是把頭探出窗外。

旅館的位置是在交叉路口的東南邊，而交叉路口的東邊似乎出現了裝扮奇特的遊行隊伍。

雖然這支遊行隊伍同樣是由黑衣人在前頭帶路，但是步行跟隨在後方的人們裝扮與交叉路口的人們顯然不同。

有的人滿臉塗得烏黑、頭上戴著兩根牛角，有的人背著羽毛。其中也有很多人披著動物皮革，即使赫蘿露出耳朵和尾巴混入遊行隊伍之中，相信也不會被發現吧。這支遊行隊伍經過之後，傳來了一陣與其說歡呼聲，不如用驚叫形容更加貼切的聲響，同時也出現了遠遠超出人類身高的麥草玩偶。麥草玩偶有四隻腳，外形有些像狗兒，大小比赫蘿的狼模樣更高大。它被架在木頭組成的支撐架上，由十名左右的男子扛著支撐架前進。

羅倫斯差點兒想要與赫蘿搭話閒聊，但是他發現赫蘿正專心一意地注視著祭典進行，也就沒出聲了。

模樣長得像動物、或是模仿動物外形的玩偶一個接一個地排著遊行隊伍來到眼前，並在成為廣場的交叉路口徘徊逗留。

不久後，在隊伍前頭帶路的黑衣人們看了看豎立在四處的路標，用手指向各個方向，然後四處走動著。

看著黑衣人的舉動，羅倫斯猜測這祭典並非只是個單純的化妝遊行，而是存在著故事性，只可惜羅倫斯對這方面並不了解。就在羅倫斯想著祭典結束後再找機會問問馬克時，他發現又有不同遊行隊伍從南北向大街的北側走來。

這次的隊伍是由正常人組成的隊伍，其中有人身穿破衣，有人打扮成貴族模樣，也有人打扮成騎士模樣，但有一個共通點是人人手上都拿著湯匙。就在羅倫斯覺得不可思議，想著為什麼大家要手拿湯匙時，三支遊行隊伍在交叉路口正中央碰在一塊，遊行者口中高喊著羅倫斯不曾聽過的語言。一旁的觀眾發出微弱的驚叫聲，並帶著緊張感聆聽遊行者的對話，就連羅倫斯也不禁緊張了起來。

就在羅倫斯想著接下來會如何進展時，黑衣人們同時指了相同方向。

他們指著交叉路口的西南方，所有人的視線也同時移過去。

羅倫斯往西南方一看，才發現不知何時已有好幾輛載著大桶子的手推車停在那裡。圍繞在手推車四周的人們做出誇張的大笑模樣後，便立刻推著手推車來到交叉路口。

黑衣人齊奏起手中的樂器，裝扮奇特的人們、或是拉著動物玩偶的人們隨之齊聲歌唱，負責打開桶蓋的人們用勺子舀起桶中液體，開始灑向四方。

而潑灑動作就彷彿暗號似的，在遠方觀看的群眾也走進了交叉路口，並各自隨意跳起舞來。跳舞的人們聚集的範圍越來越大，有幾名裝扮奇特的人跑出了交叉路口，他們一邊沿著大街前進，一邊跳舞。

大街上的行人受到這些人的影響，也紛紛跳起舞來，整條街道轉眼間搖身一變成了大型舞池。方才組成遊行隊伍的人們，在交叉路口的正中央搭著肩跳起圓圈舞。祭典一旦到了這般局面，任誰也阻止不了。今天大家一定會就這樣唱歌跳舞，一路吵鬧到天亮。

從現場的氣氛，羅倫斯看得出祭典的進行——或許應該說大騷動開始的暗號已經告一段落。

赫蘿收回幾乎整個探出窗外的身子，一看向羅倫斯便立刻說：

「咱們也下去跳舞唄。」

說到羅倫斯有生以來的跳舞次數，只需用五根手指頭就能夠輕鬆數出。那是因為羅倫斯一直避免讓自己參加這類的祭典。而且，他覺得就算獨自一人跳舞，也只是徒增傷悲罷了。

想到這裡，羅倫斯不禁猶豫了一下，但是他看見赫蘿伸出的手，便改變了心意。

反正周遭盡是一些醉鬼，跳不好也無所謂吧。

況且，赫蘿伸出的小手比千金更可貴。

「好！」

羅倫斯拉起赫蘿的手，定下決心說道。

而赫蘿似乎察覺到羅倫斯的決心，她笑著說：

「汝只要注意別踩到咱的腳就行了。」

「……我會努力。」

於是，兩人就這麼牽手走出旅館，奔向大騷動之中。

不知有多少年不曾如此瘋狂過了。

也不曾如此盡情跳舞、歡笑、痛快地喝酒。

或許這是第一次發現原來自己也可以沉醉在歡樂時光的餘韻當中。因為在歡樂時光過後，總會有勝過歡樂氣氛的寂寞感湧上。

然而，一邊攙扶因為喝太多酒狂歡而站不穩腳的赫蘿肩膀，一邊走上旅館階梯的此刻，儘管胸口的熱度已降溫許多，卻留下了恰如其分的歡欣之情。讓羅倫斯覺得只要赫蘿在身邊，愉快氣氛就會一直延續下去。

回到房間後，忘了關上的木窗外依舊傳來了街上的喧囂聲。夜晚才剛剛降臨，想必無法從中午就加入騷動的工匠或商人們將開始瘋狂歡樂一番吧。

而且，祭典似乎進入了新的局面。在回到旅館的途中回頭看了一下交叉路口的方向，發現人們匆忙地穿梭走動著。

赫蘿如果還有體力，一定會吵著要看吧。很可惜，她現在卻是這副德行。

讓赫蘿睡在床上，並延續昨天的男僕工作收拾好赫蘿的衣物後，忍不住嘆了口氣。

不過，這並非不開心的嘆氣，而是看赫蘿臉頰泛紅、毫無防備地躺著時，隨著笑意一起湧現的嘆息。

這麼說或許會對阿瑪堤過意不去，但是羅倫斯對於與他簽下的契約，已經不再抱有任何恐懼之情了。

別說是恐懼了，在回到旅館之前，他壓根兒就忘了簽下契約這回事。

回到旅館時，旅館老闆說有人留言。留言的是馬克，而留言的內容是「已得知阿瑪堤的賺錢方法，火速來店」。

僅管聽到火速來店，最先浮現腦海的想法卻是「明天再去就好了」。這是羅倫斯平時絕不可能有的想法，也讓他清楚地感覺到，原來契約一事在他心中的優先順序低得嚇人。

比起留言，更令人在意的是與留言一起收到的信件。那是蠟封過的信件，寄件人的地方用漂亮的字跡寫著狄安娜。旅館老闆說信件是由一個體格像棺材一樣壯碩的男子送來，那人一定是巴托斯吧。

羅倫斯當時拜託了狄安娜，要她如果想起任何有關約伊茲的事別忘了通知，所以信件內容有可能是有關約伊茲的事。雖然腦中閃過拆開信件瞧瞧的念頭，但是想到一坐下來閱讀信件，很可能會更懶得出門去找馬克，所以就決定不拆信了。

把拿出來的信件再次收回外套內側後，關上傳來喧囂聲的木窗，準備離開房間。

伸手準備開門時，突然感覺到背後有視線投來。回頭一看，當然不可能有別人；一臉睡意的赫蘿正試著張開眼瞼看向這裡。

「我出去一下。」

「……胸口藏著有雌性味道的信出門嗎？」

赫蘿似乎不是因為強忍著睡意，才顯得不開心。

「她是個大美人呢，妳會在意啊？」

「……大笨驢。」

「她是個編年史作家，妳知道這種職業嗎？她是提供約伊茲情報給我們的人，十分熟悉北方古老傳說或神話。雖然我還沒看信，不過昨天光是和她說話，就已經得到很有用的情報了，還聽到有關妳的故事呢。」

赫蘿像貓咪在洗臉一樣揉了揉眼睛後，緩緩坐起身子說：

「……故事？咱的？」

「在一個叫做雷諾斯的城鎮有留下妳的傳說。麥束尾巴之赫珞，這指的是妳吧？」

「……不知道。不過，有用的情報是指什麼？」

畢竟是聽到有關故鄉的話題，赫蘿似乎已經清醒了。

「在雷諾斯的傳說裡面，有提到妳從哪個方向來。」

「是……」

赫蘿瞪大了眼睛，身體變得僵硬，她的情緒慢了一步才顯現在臉上。

「是真的嗎？」

「我騙妳幹嘛，據說妳是從雷諾斯東邊的森林前來。在紐希拉的西南方，然後再碰上雷諾斯東邊的森林就是約伊茲的所在位置。」

聽到這個出乎預期的消息，赫蘿把手中握緊的棉被拉近自己，低頭不語。赫蘿的狼耳朵彷彿每一根毛髮都塞滿了喜悅情感似的，不停微微顫動著。

眼前的赫蘿就像個迷路的少女，在度過漫長的歲月之後終於找到熟悉道路，而顯露出無比安心的表情。

赫蘿緩緩深吸了一口氣，再用力地吐氣。

赫蘿之所以沒有當場哭出來，應當是她身為賢狼的志氣所致。

「沒有哭，很乖喔。」

「……大笨驢。」

赫蘿之所以會稍微嘟起嘴巴，或許是因為她真的快要哭出來了吧。

「老實說，光知道在紐希拉的西南方，範圍實在太大了。這麼一來，範圍就可以縮小許多。雖然我還沒拆信來看，不過，八成是補充情報吧。照這情形看來，或許能夠比想像中更容易找到目的地。」

赫蘿點點頭後，稍微別開了視線，她抱住棉被像在偷窺似地再次看向羅倫斯。

帶點紅色的琥珀色眼睛裡，夾雜著期待與不安的光芒。

顯得不安的尾巴只有前端搖擺著，這般模樣的赫蘿就像柔弱少女一樣，讓人看了不禁苦笑。

不過，羅倫斯要是沒能夠明白赫蘿的眼神在訴說些什麼，他就是當場被赫蘿咬斷喉嚨，也是罪有應得。

羅倫斯咳了一下，立刻回答說：

「只要花個半年時間，應該就找得到了吧。」

羅倫斯清楚地感覺到赫蘿變得有如石像般僵硬的身體裡，血液重新流動了起來。

赫蘿說了句「嗯」後，一臉開心地點點頭。

「所以，事情就是這樣，寄這封信的人就像傳遞福音的鴿子一樣。妳自己把事情給想歪了，好好反省一下。」

雖然赫蘿不悅地嘟起嘴巴，但是羅倫斯當然明白她是故意這麼做。

「那，我去一下馬克那裡。」

「胸口藏著有雌性味道的信？」

聽到赫蘿說出同樣的話，羅倫斯不由得笑了出來。

羅倫斯心想，赫蘿的意思應該是「把信留下」吧。

儘管赫蘿不識字，她仍然希望羅倫斯留下信件。而如此慌張的表現讓赫蘿覺得難為情，所以她才會無法直接說出口。

瞧見赫蘿難得完全顯露出來的心境，羅倫斯一邊覺得有趣，一邊把信件交給了赫蘿。

「汝方才說寄件人是個美人，是唄？」

「是個散發出成熟韻味的美人。」

巧妙地揚起一邊的眉毛，並收下信件的赫蘿瞇起眼睛瞪著羅倫斯看。

「妳是成熟過了頭，變得太狡獪了。」

赫蘿聽了，露出尖牙笑笑。

「那，馬克好像調查到了阿瑪堤調度一千枚銀幣的方法。我去聽聽他怎麼說。」

「是麼？汝就盡最大努力好好思考對策唄，免得咱給人買走了。」

一路的互動下來後，羅倫斯當然不會把赫蘿的話當真。

他稍稍聳了聳肩，做出回應說：

「妳想看信就拆開來看吧。只不過，得先認得字就是了。」

赫蘿用鼻子哼了一聲後，就這麼拿著信件在床上躺了下來，跟著一副像在說「快去吧」的模樣搖了搖尾巴。那模樣簡直就像叼著骨頭回到自己地盤的狗兒一樣。

羅倫斯當然不敢說出這樣的想法，他沒出聲地笑笑，然後打開房門走了出去。

關上房門時，羅倫斯再看了赫蘿一眼，赫蘿再次搖了搖尾巴，彷彿她早看透羅倫斯會這麼做似的。

看著赫蘿的舉動，羅倫斯不禁輕輕笑了出來。他緩緩關上房門，深怕太大聲會吵到赫蘿。

「真是的，請人家幫忙，自己卻這麼悠哉啊，羅倫斯。」

「抱歉。」

羅倫斯原本猶豫著是否應該直接前往馬克的住家，但是他想到或許馬克仍在市場裡，所以決定先到攤販找他，結果果然不出他所料。

散落在市場四處的攤販裡可看見人們在月光下飲酒作樂，負責看守商品的夜警當中，也有不少人受不了誘惑地喝起酒來。

「不過，其實祭典期間還挺閒的，所以無所謂啦。」

「是這樣啊？」

「嗯。大家都不想在祭典中帶著貨物四處走動吧？尤其是像麥子這樣佔空間的商品都是在祭典開始前賣出，祭典結束時採買。不過，後夜祭不算就是了。」

羅倫斯曾聽說後夜祭是在為期兩天的本祭結束後舉行，這個比大市集舉辦期間更長的後夜祭純粹只是場酒宴。不過，羅倫斯當然了解人們為了瘋狂歡樂、暢快喝酒，忍不住想要拿祭典當藉口的心理。

「而且，託幫你收集情報的福，其實我已經賺了一些，所以這次就不跟你計較了。」

笑著說話的馬克臉上帶著商人的表情。

看來，阿瑪堤的賺錢方法似乎是能夠讓人搭便車的生意。

「你搭了阿瑪堤的便車啊。那，他是用什麼方法？」

「喔，他用的方法說來還真是妙。不過，這根本不是因為他想到什麼賺錢的好方法。我的意思是這根本是輕輕鬆鬆就能大撈一筆的生意。」

「這話題對商人來說，還真是相當誘人。」

羅倫斯一邊說道，一邊往放在附近、裁短圓木製成的椅子上坐了下來。馬克聽出羅倫斯話中的含意，不懷好意地笑笑。

「我聽說騎士哈希姆很會跳舞呢。不過，照這樣下去，開心過了頭的騎士恐怕得收下一千枚銀幣，讓對手搶走美麗的公主吶。」

「你就是把所有財產都下注給阿瑪堤，我也無所謂。」

對於羅倫斯的反擊，馬克沒使用盾牌來擋，而是用長劍繼續攻擊：

「說到那位菲利浦三世，聽說他說了很多你的壞話呢。」

「咦？」

「他說你讓可憐的女孩背負債務，然後隨心所欲帶著女孩四處奔走；還有，旅途中你只給女孩吃又冷又苦的黑麥粥，讓女孩承受嚴酷的對待之類的。」

馬克像在講笑話般開心地說道，而羅倫斯聽了，也只能夠以苦笑回應。

羅倫斯當然明白阿瑪堤是想藉由散播羅倫斯的壞話，好讓自己的行為能夠正當化。然而，對羅倫斯來說，比起名譽受損的痛苦，彷彿蚊子在臉部四周飛來飛去的鬱悶感，更教他的臉頰不由得抽動。

話說回來，姑且不論手持長劍的傭兵有沒有辦法，區區旅行商人怎可能讓女孩背負債務，然後強硬帶著女孩旅行呢？在有後盾的城裡，借據或許能夠發揮作用，但到了荒郊野外，就什麼作用都沒了。

而且，只要是習慣旅行的人，就不會覺得旅途中拿難吃的粥當正餐有什麼好大驚小怪的。不如說，只要是賺錢第一的商人，甚至連飯都不吃也不足為奇。

想必沒有人會把阿瑪堤說的話當成是羅倫斯的壞話吧。然而，問題並不在於此。重點在於阿瑪堤四處散播羅倫斯與他站在相同戰場上，爭奪一名女子的消息。

就算這件事不會直接對羅倫斯的生意造成影響，但對於獨立門戶的商人來說，這不是什麼值得開心的事。

馬克之所以會露出不懷好意的討人厭笑容，想必也是因為他了解羅倫斯內心這股刺癢的憤怒感吧。羅倫斯輕輕嘆了口氣，一副這個話題到此結束的模樣揮了揮手說：

「那麼，這賺錢生意是什麼？」

「對喔，差點忘了。因為我聽到巴托斯先生好像猜到了的消息，所以就從這點去調查，結果一下子就查到了。」

羅倫斯心想，這就表示和巴托斯的生意有關。

「寶石買賣嗎？」

「很接近，但不是。那是完全和寶石扯不上關係的東西。」

羅倫斯腦海裡一一浮現了在礦山地帶行商的商人所買賣的商品，這時他忽然想到一樣商品。

他想到與赫蘿對話時，提到與黃金相似的礦石。

「黃鐵礦？」

「喔？你已經聽到消息了啊？」

羅倫斯似乎猜對了。

「沒有，我只是想過或許會是門賺錢生意。和算命師有關吧？」

「好像是。不過，聽說算命師本人已經離開卡梅爾森了。」

「是嗎？」

聽到突然傳來的歡呼聲，羅倫斯把視線移向聲音的方向，看見旅行裝扮的男子們與城鎮商人一邊以刺耳的聲音高喊，一邊一個接一個互相擁抱，他們似乎是為相逢而喜悅。

「不過，對外說法是說因為算命師算得太準，被教會的異端審問官盯上了，所以才離開的。

可是，這說法誰會相信啊。」

「為什麼你會這麼說？」

馬克喝了口酒，從後方的置物架上取下一只小麻袋。

「根本不可能啊，教會的傢伙如果真的來到城裡，肯定會造成騷動吧。而且，我覺得黃鐵礦的流通量好像多了點。我猜啊，那算命師八成是從其他城鎮買來黃鐵礦，然後一賣完就離開這裡。還有……」

馬克在洽談桌上倒出麻袋裡的東西，在月光的照射下，散發出白色光芒的黃鐵礦在桌面滾動。其中有的形狀像骰子一樣漂亮，有的則是像麵包被壓扁了一樣呈現塊狀。

「我想算命師是刻意強調黃鐵礦的稀少度。你猜這個現在值多少錢？」

馬克拿在手上的黃鐵礦算是黃鐵礦當中，最具價值的骰子形狀。照原本的行情來說，價值應該是十伊雷多，也就是約四分之一枚崔尼銀幣。

然而，羅倫斯記起赫蘿曾說阿瑪堤買給她的黃鐵礦是競標買來的，所以羅倫斯說出稍顯大膽的金額。

「一百伊雷多。」

「是兩百七十。」

「不——」

羅倫斯吞下後面的「可能」兩字，並暗自咒罵起自己沒在赫蘿告訴他時，就立刻動身搜購庫存的黃鐵礦。

「對我們男人來說，就算這是寶石也都覺得價格高得誇張。可是，現在這東西的價格更誇張。明天市場一開放，價格會再漲吧。現在城裡的女孩都爭先恐後地想買這東西。不管在什麼時代，算命和美容秘藥永遠都是人氣商品。」

「就算如此，這東西值兩百七十也太誇張了吧？」

「不限於骰子形狀，各種形狀的黃鐵礦也都以各自具有不同效用為由抬高價格。畢竟女人們都會花言巧語地吵著要來到大市集的商人或農夫，從飽飽的荷包裡掏錢買黃鐵礦送她們。而且，說到這個突然吸引了所有女人目光、堪稱奇蹟的礦石，那些女人們還會和周遭的人競爭誰收到的數量比較多。反正就是因為這樣，女人每撒嬌一聲，黃鐵礦的價格就會跟著上漲。」

在曾買過酒或價值不低的裝飾品送給城市女孩的羅倫斯耳中聽來，馬克的話顯得刺耳。

不過，比起刺耳的痛，眼睜睜看著做成一大筆生意的機會溜走，那股後悔的感覺讓羅倫斯感到更加痛苦。

「這已經不是計算利潤有幾成的境界了。而是好幾倍、好幾十倍的境界。也就是說，企圖奪走你的公主的菲利浦三世正瘋狂地撈著錢呢。」

阿瑪堤似乎是看準了自己荷包裡的銀幣會暴增，所以才起了幫赫蘿還清債務的念頭。

如果阿瑪堤買黃鐵礦送給赫蘿的那個時間點，他就已經開始在交易黃鐵礦，那麼他很有可能已經賺了相當多的錢。或許阿瑪堤明天真有可能準備好一千枚銀幣。

「我雖然才剛剛碰這生意，就已經賺了三百伊雷多。從這裡就能夠明白黃鐵礦的價格上漲有多麼不正常。你說，怎麼能夠眼睜睜看著機會溜走呢？」

「還有誰知道這消息？」

「這消息好像早上就傳遍整個市場了，我算是相當晚才得知的。順道一提，你和公主在跳舞的時候，礦石商人的攤販前面已經是一片騷動了。」

羅倫斯明明早已酒醒，但是他的臉卻變得比喝著酒的馬克更紅。

羅倫斯會臉紅不是因為被揶揄與赫蘿一起，而是因為就算不太會作生意的商人，也懂得把握這個已經傳遍市場的賺錢良機，自己卻在市場旁沉迷於跳舞。

如果是個正經的商人，就是臉漲得再紅也不足以表現羞愧。

失敗的商人。

繼留賓海根的失態之後，羅倫斯再次想要抱頭大叫。

「不過，如果阿瑪堤做了什麼不正當的生意，或許還可以想辦法扯他後腿，可是現在這狀況可就無法阻止了。雖然同情你，但我不得不說你已是桶子裡的魚了。」

羅倫斯當然明白馬克是指「等著被料理吧」的意思，但是他並非因為這件事而鬱悶。而是對只顧與赫蘿玩樂，讓發大財機會溜走的自己感到鬱悶。

「還有啊，我剛剛不也說了這發財話題已經在商人之間傳開了嗎？企圖轉賣的商人們四處奔走採買，所以黃鐵礦的價格更是扶搖直上。重點就是在風力剛剛增強的這個時候，如果忘了揚起風帆，那會後悔一輩子。」

「是啊，也不能坐看揚起風帆的船越開越遠。」

「沒錯、沒錯。而且，萬一出了什麼意外，也得有買新公主的資金，對吧？」

看著馬克露出心滿意足的笑容說道，羅倫斯不禁苦笑，但是他心想這是彌補在留賓海根造成的虧損的大好機會。

「那麼，我就先拿釘子的未收款跟你買一些黃鐵礦好了。」

馬克聽了羅倫斯說的話，露出厭惡的表情，一副「早知道就不提了」的模樣。

後來，以三十枚崔尼銀幣的價格向馬克買了四塊黃鐵礦後，羅倫斯便穿過在燈籠照明下唱歌跳舞的人群，往旅館的方向前進。

祭典在這時似乎已經進入第二階段，劇烈的太鼓聲傳入了耳中。

因為人潮洶湧，所以羅倫斯只能瞥了一眼祭典的狀況。第二階段的祭典活動與白天不同，顯得粗暴野蠻。可看見用麥草做成的玩偶互相撞擊，或是揮動長劍跳著劍舞的人們。

祭典如此展開實在出人意外，因為在日落前，人們明明還搭著肩一起跳舞、喝酒。不過，如果要觀賞祭典的進行，當然是坐在房間的頭等座位上最理想了。

於是羅倫斯匆匆撥開擁擠的人群，往旅館走去。

比起觀賞祭典，其實更想要稍做思考一下。

雖然阿瑪堤賺得一千枚崔尼銀幣，然後自大地丟出如此巨款的可能性變高了，但還是沒什麼好動搖或擔心的事。

令人在意的是手上的黃鐵礦價值能夠漲多高、能夠帶來多少利益，還有如何哄騙赫蘿，然後便宜買下阿瑪堤送給她的黃鐵礦。

有些時候，平常沒多少價值的東西會突然化為黃金。

祭典總是帶著獨特氣氛。

羅倫斯來到稍微偏離大街上的喧鬧和光線的小巷口後，發現騎士和傭兵們正在跟女子談情說愛，甚至搭肩摟抱，絲毫不忌諱人們的目光。

依偎在眼神陰沉如盜賊般的可疑騎士懷裡的，並不像風塵女子，而是一般城市女孩。如果不是在舉辦著祭典的這種時刻，城市女孩們一定只肯與更有操守的正經男子交談吧。

不過，正因為祭典帶來的熱氣能夠讓人們彷彿被下了可疑的春藥似地，視線變得朦朧，所以才會出現像是黃鐵礦價格高漲般的現象。對商人而言，這當然是樂觀其成的事。

羅倫斯一邊想著這些事情時，看見有攤販賣著給被烈酒灼傷喉嚨的人食用的冷瓜，於是買了兩條當作給赫蘿的伴手禮。

如果空手回去，不知道赫蘿會說出多惡毒的話來。看著用腋下夾住一條有如巨鳥產下的鳥蛋般大的冷瓜，再用手拿著另一條的自己，不禁苦笑了起來。

位在旅館一樓的餐廳和大街上一樣熱鬧，羅倫斯斜眼看著餐廳的熱鬧景象走上二樓。

來到二樓後，一樓的喧鬧景象變得虛幻不實，給人一種彷彿隔岸觀火的感覺。

一邊聽著好似小河流水聲的隱約嘈雜聲，一邊打開房門走了進去。

才納悶著房間裡怎會如此明亮，便發現原來木窗是敞開的。

一定是為了看信，所以打開木窗，讓光線射進來的吧。

羅倫斯想到這裡，突然察覺事有蹊蹺。

信？

一走進房間，便與在木窗射進來的光線下，手上拿著信件的赫蘿對上了眼。

赫蘿的眼神顯得膽怯。

不，不對。

那是從茫然自失的情緒中回過神來的眼神。

「妳……」

在羅倫斯說出「看得懂字啊？」之前，喉嚨深處的聲音已經變得沙啞。

赫蘿的雙唇害怕得打著哆嗦，過沒多久後，她的肩膀也跟著顫抖了起來。羅倫斯看得出來赫蘿試著讓變得僵硬的纖細手指使力，但是信紙仍然從指縫之間滑落。

羅倫斯動也不敢動。因為他覺得只要自己一動，像雪人一樣僵硬的赫蘿就會隨之粉碎。

方才赫蘿拿在手上的應該是狄安娜寄來的信件。

如果赫蘿是因為看了信件而變成這副模樣，能夠想得到的可能性就不會太多。

羅倫斯的腦海裡浮現了約伊茲三字。

「汝啊，怎麼了？」

傳來的話語和赫蘿平時習慣說話的口氣一樣。赫蘿明明一副眼看就快崩潰、甚至失去意識的危險模樣，但是她說話時，臉上卻不協調地浮現淺淺笑容，這讓羅倫斯覺得彷彿身陷夢境一般。

「咱臉上……沾、沾了、什麼東西嗎？」

雖然赫蘿嘗試笑著說話，但是到了最後，抽動的嘴唇使得她無法好好說話。

羅倫斯明明與赫蘿四眼相對，但是赫蘿的眼神卻早已失焦。

「什麼都沒沾上。只是，妳可能有些醉了。」

羅倫斯無法繼續保持沉默地站在赫蘿面前，他挑選著不刺激到赫蘿的字眼說道。

接下來該說什麼呢？不，應該先了解赫蘿到底知道了些什麼。當羅倫斯思考到這裡時，赫蘿先開口說話了。

「嗯……嗯，咱、咱喝醉了。是這樣……沒錯，咱肯定喝醉了。」

赫蘿笑著說道，牙齒因顫動而咯咯作響。她用著不自然的動作走近床邊，然後坐了下來。

隨著赫蘿的動作，羅倫斯也總算能夠從房門前移開。為了不讓膽小的鳥兒飛走，羅倫斯小心翼翼地移動，好不容易走到書桌旁。

羅倫斯把兩條冷瓜放在書桌上，跟著若無其事地把視線移向赫蘿掉落的信紙上。

在月光的照射下，狄安娜的漂亮字跡浮了上來。

『關於昨天向您提及，古時已滅亡的城鎮約伊茲……』

這般文字敘述映入羅倫斯的眼簾，他不禁閉上了眼睛。

想必赫蘿是為了日後讓羅倫斯吃驚，或是為了捉弄羅倫斯，所以才會說她不識字吧。帶點頑皮心這麼說的赫蘿沒料到機會這樣快就到來，所以看了羅倫斯留下來的信件。

這樣的頑皮心卻帶來了反效果。

對於寫著有關約伊茲情報的信件內容，赫蘿一定是在意得不得了。

羅倫斯的腦海裡浮現了赫蘿喜不自禁、迫不及待地拆開信封的模樣。

跟著，有關約伊茲已經滅亡的敘述文字突然出現在眼前，羅倫斯根本無法想像這對赫蘿造成了多大的衝擊。

赫蘿仍然坐在床邊，她一臉茫然地注視著地板。

就在羅倫斯苦於尋找話語向赫蘿搭腔時，赫蘿緩緩抬起頭說：

「汝啊，怎麼辦？」

赫蘿的嘴邊浮現僵硬的笑容。

「咱啊……無家可歸了……」

赫蘿既沒有眨眼，也沒有哽咽，只有眼淚像鮮血一樣不停地湧出。

「怎麼辦……」

赫蘿就像不小心打破了重要物品的孩子般只顧著說話，那模樣讓羅倫斯心疼得難以入目。想起故鄉時，人們總是像個小孩子一樣。

畢竟赫蘿是活了好幾百年的賢狼，想必她當然也想到了約伊茲已經被埋沒在時光之河當中。然而，就像小孩子聽不懂道理一樣，面對強烈得驚人的情緒時，理性根本幫不上任何忙。

「赫蘿。」

聽到羅倫斯呼喚名字，赫蘿吃驚地縮了一下身子，跟著回過神來。

「這畢竟是古老傳說，有很多傳說都是錯誤的。」

為了盡量讓說出來的話帶有真實感，羅倫斯像在訓話似地說道。如果要問約伊茲滅亡的傳說是否錯誤的可能性，那答案恐怕是非常地低。因為延續了好幾百年不曾滅亡的城鎮，幾乎都是眾所皆知的大城鎮。

然而，羅倫斯實在找不到其他話語可說。

「錯……誤？」

「沒錯。像是新的國王或部族統治一個地方時，為了表示那地方成為新領土，就經常會流出這樣的傳言。」

羅倫斯沒有說謊。他聽過好幾次這樣的事情。

然而，赫蘿卻突然搖搖頭，眼淚順著赫蘿的臉頰滑向左右兩方。

赫蘿的眼神裡開始醞釀著暴風雨前的寧靜氣氛。

「既然如此，為何汝會瞞著咱不說呢？」

「我是想找個適當機會跟妳說。這話題太敏感了，所以——」

「呵。」

赫蘿像在咳嗽似地笑笑。

羅倫斯有種赫蘿好像被什麼妖魔附身的感覺。

「汝……汝看咱什麼都不知情，一副無憂無慮、樂呵呵的模樣，一定看得很開心唄？」

霎那間，羅倫斯的腦海變得一片空白。羅倫斯當然不可能這麼想。羅倫斯不明白赫蘿為何會這麼說，一股憤怒感湧上，逼近了他的喉嚨。

不過，羅倫斯好不容易忍住不發怒。

因為羅倫斯察覺到赫蘿只是想要宣洩情緒，哪怕傷害的對象是自己、或是其他任何東西。

「赫蘿，冷靜點。」

「咱、咱冷靜極了。咱的腦筋不是轉得這麼快嗎？汝早就知道約伊茲的傳說了，對唄？」

突然這麼被赫蘿道中心聲，羅倫斯不禁啞然無言。

羅倫斯當然明白瞞著赫蘿沒說是他致命性的失敗。

「也是，說的也是唄。汝遇到咱的時候，就已經知道真相了唄。如果是這樣，就能夠解釋很多事情了。」

赫蘿的表情變得就像被逼得走投無路的狼一樣。

「呵呵，畢竟，汝……汝喜歡可憐柔弱的小羊吶。汝看咱什麼都不知情，還說著想回到早已滅亡的故鄉是什麼感覺啊？一定覺得咱愚蠢得可愛唄？可憐得讓汝覺得心疼，是唄？即使見到咱任性，也想要原諒咱，然後溫柔對待咱，是唄？」

雖然羅倫斯想要開口說話，但是赫蘿接續說：

「汝會說出要咱自己從紐希拉回去的話，也是因為對咱感到厭煩了唄？」

赫蘿露出自暴自棄的笑臉。就是赫蘿自己一定也明白從她口中說出的都是充滿惡意、曲解意思的話語。

羅倫斯心想，如果發怒地賞了赫蘿一巴掌，她一定會開心地甩甩尾巴。

「妳真的這麼想嗎？」

聽到羅倫斯以話語掌嘴，赫蘿如熊熊烈火般的眼睛直直看向羅倫斯。

「是啊！」

站起身子的赫蘿緊握著雙拳，她的雙手已經失去了血色，不住地顫抖著。

赫蘿露出的尖牙發出碰撞的聲音，尾巴整個膨脹起來。

即便如此，羅倫斯並沒有畏縮。因為他知道赫蘿的憤怒是來自太過濃厚的悲傷情緒。

「咱就是這麼想！汝是人類！人類是唯一會飼養動物的存在！所以，汝就拿約伊茲當誘餌看咱怎麼反應，想必汝看得很開心——」

「赫蘿。」

赫蘿失去理智地胡亂揮動手臂，羅倫斯一口氣衝向她，並使出全力抓住她的手臂。

赫蘿像隻被捕捉的野狗似的顯得膽怯，她憤怒反抗的力氣一如她的少女外表般柔弱。

被羅倫斯這麼用力抓住手臂，明顯看得出赫蘿的力氣根本不及羅倫斯。

漸漸地，赫蘿不再反抗了。她一改態度地露出求救的眼神看向羅倫斯說：

「咱、咱變成孤單一人了。怎麼……怎……麼辦才好？已經沒有人在等著咱回去了，哪兒都沒有……咱……變成孤單一人了……」

「妳不是有我嗎？」

這是羅倫斯不帶虛假的真心話。

而且，這般話語不是隨隨便便就能夠說出口。

然而，赫蘿的臉上卻浮現嘲諷的笑容不客氣地說：

「汝是咱的什麼人啊……不對，咱是汝的什麼人啊？」

「唔！」

羅倫斯無法當場回答，不禁陷入思考。

他事後才瞬間察覺到應該立刻回答，哪怕是謊言也好。

「咱不要！咱不要再孤單一人了！」

赫蘿大聲喊叫，跟著停止了動作。

「咱說汝啊，抱咱好嗎？」

羅倫斯險些就要鬆開抓住赫蘿手臂的手。

他看見赫蘿陰氣逼人的笑臉，赫蘿是在嘲笑失去理智的自己。

「咱已經是孤單一人了。可是，如果有了孩子，就會是兩個人。汝瞧，咱現在是人類模樣，

所以也不是不能和身為人類的汝在一起，是唄？汝啊……」

「別再說了，拜託。」

羅倫斯痛切地感受到赫蘿心中溢滿無處排解的情感，所以言語化為毒藥和刀刃脫口而出。

然而，羅倫斯並沒有那麼大的能耐保持溫和態度，等待赫蘿冷靜下來。

因此，他能夠這麼說已經是盡了最大的努力。

赫蘿的笑意更深了，眼淚也隨之再次溢出。

「呵呵，啊哈，呵呵哈哈哈，說的也是吶。畢竟汝是個爛好人吶。咱不會對汝有期待，可是無所謂，咱想起來了。有人……沒錯，有人愛著咱吶。」

因為被羅倫斯抓住手臂，所以赫蘿無法大動作地掙扎；而為了能夠隨時從羅倫斯手中掙脫，赫蘿原本緊握著拳頭，這時她突然鬆開了拳頭，身體也隨之失去了緊繃感。羅倫斯一放開赫蘿的手臂，赫蘿就像隻受了傷的蝴蝶般虛弱地說：

「那件事之所以不讓汝覺得緊張，也是這樣的原因唄？汝一定在想如果能夠拿到一千枚銀幣，也沒什麼好捨不得的，是唄？」

羅倫斯明白眼前的狀況無論他說什麼都是白說，所以他只能夠默默地聽著。

赫蘿本身也就這麼沉默了下來，彷彿最後的燃料燒盡了似的。

後來，沉默持續了好一陣子，就在羅倫斯打算再次伸出手的那一刻，赫蘿忽然用虛弱的聲音開口說：

「……抱歉。」

啪噠！低沉的聲響傳進羅倫斯的耳中，赫蘿在此刻重重地關上了心房。

羅倫斯的身體無法動彈，他頂多只能夠往後退而已。

赫蘿坐了下來，她動也不動地注視著地板。

往後退了幾步的羅倫斯連只是靜靜地站著一秒都做不到，他立刻撿起赫蘿掉落的那封狄安娜寄來的信件，視線像在逃跑似地追著文字跑。

狄安娜在信上寫著她認識一位專門收集北方神話的修道士，就住在前往赫蘿拜訪過的城鎮雷諾斯途中的村落裡，她建議羅倫斯可以前去拜訪。信紙背面寫著那位修道士的姓名。

羅倫斯閉上眼睛，心中一陣後悔。

如果先看信就好了——羅倫斯無法控制自己不這麼想。

雖然羅倫斯突然有種想要把信紙撕得爛碎的衝動，但是他當然知道這樣的行為只是在亂發脾氣罷了。

這封信是找到約伊茲的重要線索。

羅倫斯不禁覺得這封信是能夠讓他與赫蘿之間的薄弱關係再維持下去的細繩，於是他折疊好信紙放入懷中。

然後，羅倫斯再次看向赫蘿，但是赫蘿依舊不肯抬頭看他。

羅倫斯的耳邊再次響起他打算伸手時，傳來的「抱歉」兩字。

羅倫斯能夠做的就只剩下一件事情，就是默默地離開房間。

於是羅倫斯退了一步，再退了第二步。

這時窗外傳來了響亮的歡呼聲，羅倫斯趁著歡呼聲轉過身子，並走出了房間。

雖然有那麼一瞬間，羅倫斯感覺到赫蘿似乎抬起了頭，但是他告訴自己，那一定是期望帶來的幻覺吧。

他背著身子關上房門後，便摀住了眼睛，彷彿在說他什麼都不想看見似的。

然而，這一切並不會因此一筆勾銷。

他必須設法解決。

雖然羅倫斯明白必須設法解決，但是他不禁自問：「到底該怎麼做呢？」

羅倫斯走出了旅館。

走向擠滿了陌生人的城鎮。

第四幕

來到街上後，羅倫斯才發現根本沒有他的容身之處。

日落後繼續展開的祭典與白天的活動完全相反，絲毫沒有散發出愉快的氣氛。

不用說化了妝的遊行者，就是用麥草或木頭做成的玩偶也都各自架著武器不停地打鬥，而無法架起武器的巨大玩偶則是被當成武器直接上場。

在怒吼聲響起的同時，巨大麥草玩偶互相撞擊。每當碎片飛散，歡呼聲便會隨之出現。現場四周的樂器演奏氣勢澎湃，不輸給打鬥的狂野氣氛，而黑衣人們則負責唱著令人毛骨悚然的戰鬥歌曲。

羅倫斯避開人潮，往北邊的方向走去。嘈雜聲不停地在羅倫斯的腦中翻騰，教他難以忍受。

儘管羅倫斯在綿長的路上不停向前走，喧鬧氣氛卻依然存在，他不禁覺得祭典的喧鬧似乎永遠不會停下來。羅倫斯承受著喧鬧聲的虐待，精神彷彿遭到魔女下咒啃蝕一般；而方才與赫蘿的種種互動也同時在他的腦海浮現。羅倫斯看見站在赫蘿面前的自己，看見自己那窩囊模樣讓羅倫斯不禁想要放聲大叫，但是他強忍了下來。

因為羅倫斯至少仍保有一些理性，他告訴自己如果有力氣大叫，不如把那精力和體力放在改善現況上。

然而，理性分析之後，羅倫斯不禁覺得從現況裡根本找不出半點可能性。
以赫蘿目前的狀態來說，或許她真有可能接受阿瑪堤的求婚。
因為在這場價格高漲的不勞而獲戰局裡，阿瑪堤有可能是最早出手的商人，所以他應該已經賺得相當多的利益。
如果不快想辦法，或許阿瑪堤會不等明天日落，就拿出他的所有財產宣言已經達成契約。
羅倫斯會如此預測絕非太悲觀。
「……」
羅倫斯感覺胃部像是被緊張感掐住，不禁發出如嗚咽般的聲音。
他仰頭望向黑暗的天空，然後摀住了眼睛。
如果羅倫斯無法阻止阿瑪堤繼續以暴利賺錢，他只能夠回到旅館與赫蘿言歸和好。
然而，顯而易見地，想要與赫蘿言歸和好，比阻止阿瑪堤繼續以暴利賺錢更加困難。
『咱是汝的什麼人啊？』赫蘿的質問讓羅倫斯不禁當場陷入了思考。
就算到了過了一段時間的現在，羅倫斯仍然無法回答這個問題。
羅倫斯確實希望能與赫蘿一同旅行，而且一想到赫蘿真要嫁給阿瑪堤，就教他坐立難安。
然而，羅倫斯如牛一般反芻方才發生的事，心頭湧起一陣比胃酸更加強烈的酸楚，他的臉部不禁扭曲。

在羅倫斯心裡，他真心認為赫蘿是很重要的存在，但如果要羅倫斯回答那是什麼樣的存在，他卻無法說出明確的答案。

羅倫斯撫揉著臉頰，試圖強制放鬆變得僵硬的臉。

怎麼會發生這樣的事情？

當時愉快的祭典熱鬧氣氛，現在回想起來卻像是一場夢。想必就是萬能之神也料不到在短短幾個小時內，就會有如此變化吧。

羅倫斯在視線前方看見了一邊跳著劍舞，一邊在大街上行進的遊行隊伍。徹底變了樣的遊行隊伍散發出粗暴野蠻、顯得不吉祥的氣息，讓人絲毫感受不到白天的盛宴氣氛。羅倫斯感覺這就像現在的赫蘿與他的關係，不禁別開視線並加快了腳步。

羅倫斯後悔自己把信件留在書桌上。他心想如果沒有留下信件，就不會發生這樣的事情。如果找到適當時機說明，相信反應那麼靈敏的赫蘿也不會如此失去理智。

而且，赫蘿說的話指出了羅倫斯自私及欠缺決心的地方。就是滿不在乎地回去找赫蘿，羅倫斯也不認為自己能夠與赫蘿好好交談。

然而到了最後，羅倫斯仍然想不出什麼好辦法，他在不知不覺中來到了卡梅爾森北邊的寂寥地區。

因為羅倫斯一路走得緩慢，所以花了相當久的時間才走到這裡，只不過他卻完全沒有自覺。

雖然城裡的氣氛讓人覺得彷彿每一個角落都擠滿了人，但這裡到底是北邊地區，就算大街上的行人也是寥寥無幾。祭典的遊行隊伍似乎不會來到這裡。

在如此一片靜寂當中，羅倫斯總算能夠平靜下來，好好地深呼吸。

他轉過身子，再次一邊緩慢步行，一邊重新思考。

首先——

事到如今，不可能只靠著誠意就想讓赫蘿冷靜下來聽話。更何況，連羅倫斯都沒有自信能夠直視赫蘿。

既然這樣，姑且不論能否與赫蘿和好，但至少不能讓赫蘿有光明正大的理由離開，然後投向阿瑪堤的懷抱。

只要阿瑪堤籌不到一千枚銀幣，赫蘿就依然被債務的枷鎖綁著。雖然還是不確定赫蘿會不會乖乖聽話地跟在身邊，但至少能夠以債務為由提出主張。

這麼一想，就覺得還是必須朝阻止阿瑪堤達成契約的方向去思考。

在這祭典的獨特氣氛之下，黃鐵礦的價格可說呈現異常上漲，照馬克的判斷，今後價格會再上漲。雖然不知道阿瑪堤手上有多少數量的黃鐵礦、賺了多少錢；但是，據說目前的黃鐵礦價值是進貨價的好幾倍、好幾十倍，所以阿瑪堤的投資金額夠多，就有可能已經賺得一千枚銀幣。

不過，就這點來說，可說幸運的是，黃鐵礦並非採掘量很多的礦石。

就算利潤是進貨價的好幾倍或好幾十倍，如果投資金額太少，根本賺不到多少錢。

不過，阿瑪堤也不一定要靠黃鐵礦賺到一千枚銀幣，但這種想法只是自我安慰罷了。

無論如何都必須阻止阿瑪堤繼續以暴利賺錢，甚至應該說必須讓阿瑪堤虧損。因為如果阿瑪堤願意拿出所有財產，抱著就算波及今後的生意也無所謂的決心，就有可能籌足一千枚銀幣。

可是，如果說想要阻止阿瑪堤繼續以暴利賺錢很困難，那麼想要讓他虧損就更加困難了。

根本不可能以正面攻擊的方式對抗阿瑪堤。因為在黃鐵礦的價格高漲之下，阿瑪堤能夠確實賺取利益，所以他根本就沒必要逞強。

既然沒必要逞強，就不會被騙上當。

那要怎麼做呢……

不知反覆思考了多少次，羅倫斯仍然碰上相同的問題，他忽然看向身邊說：

「欸，赫──」

雖然羅倫斯沒把「蘿」也說出口，算是勉強補救回來，但終究躲不過與他擦身而過、打扮像工匠的男子投來的異樣眼光。

羅倫斯再次感受到，總是在他身邊展露狂妄笑容的嬌小身影有多麼地巨大。

他不禁懷疑起過去自己是如何獨力走過歲月。

如果是赫蘿，或許會幫忙想出好辦法；就算沒有想出好辦法，她或許也會幫忙提示。

羅倫斯察覺到曾幾何時，自己對赫蘿已經有了這般依賴心態。

『咱是汝的什麼人啊？』

看著這樣的自己，羅倫斯根本不敢抬頭挺胸地回答這個問題。

既然這樣，羅倫斯應該這麼說：

「如果是赫蘿會怎麼思考呢？」

羅倫斯當然不認為自己有辦法完全模仿赫蘿那般極其不可思議的思考邏輯。

儘管如此，羅倫斯畢竟是商人。

商人一旦得知了陌生的構想，就必須在隔天將這個陌生的構想化為己有，才能夠不斷超越競爭對手。

赫蘿的思考重點就在於把整體狀況看得仔細透徹。

而且，面對眼前的狀況，赫蘿不會加以區分，而是會不遺漏任何細節地從各種角度去思考。

這思考方法看似簡單，其實相當困難。有時候看似天外飛來一筆的點子，卻是擁有極其理所當然的本質。

阿瑪堤是因為黃鐵礦的價格上漲而賺得利益，有什麼方法能夠讓他虧大錢呢？

所有方法當中，最單純、也最不容易想到的點子是什麼呢？

羅倫斯思考了起來。

他以不受到商人常識束縛的頭腦思考。

這麼一來，想得到的答案就只有一個。

「只要黃鐵礦貶值就好了。」

羅倫斯出聲說出這句話後，一副愚蠢極了的表情笑笑。

他是在嘲笑想模仿赫蘿的自己，果然只做得到這般程度。

如果黃鐵礦能夠貶值，那當然會讓人高興地想要大喊萬歲。

然而，黃鐵礦的行情一路攀升，完全不見下跌傾向。不管怎麼說，黃鐵礦的價值攀升倍數已經超出了十倍或二十倍的境界。黃鐵礦的價值將持續攀升，而且——

「而且？」

羅倫斯停下腳步，他發現了一件重大的事情。

「十倍？二十倍？這樣的話……接下來會是三十倍囉？再接下來呢？」

羅倫斯覺得自己彷彿看見了赫蘿用鼻子在笑他的模樣。

黃鐵礦的價格不可能無上限地持續上漲。這類型的熱門生意有個法則，那就是失敗的時刻早晚一定會到來。

羅倫斯險些發出如嗚咽般的叫聲，他急忙摀住嘴巴把聲音吞回肚裡。

如果真是如此，那麼就必須考慮兩點。

第一點是失敗時機何時到來，以及是否有可能讓阿瑪堤掉進失敗之中。

仍然摀住嘴巴的羅倫斯一邊走路，一邊思考。

就算黃鐵礦的價格發生暴跌，阿瑪堤會漫不經心地跌入暴跌風暴之中，而且不採取任何行動地讓自己虧損慘重嗎？羅倫斯並不這麼認為，因為這未免太小看阿瑪堤了。

這麼一來，就表示羅倫斯必須針對這點下工夫。只要能夠讓問題有一個具體的形式，羅倫斯自認他的頭腦不會輸給赫蘿。

羅倫斯的腦海裡浮現了合乎理想的交易，一股冰冷又沉重的感覺在他的心底沉澱，這是羅倫斯體驗過好幾次的熟悉感覺。這感覺並非憑靠理論，而是告知即將一決勝負的直覺。

羅倫斯做了一次深呼吸，開始思考起最重要的一點，也就是暴跌會在何時發生。

不用說也明白黃鐵礦的行情不可能一直異常地上漲，只是何時會開始下跌呢？況且，羅倫斯根本就不知道有沒有可能在他與阿瑪堤訂下的契約期限，也就是明天日落前開始下跌。

就是算命師，也算不出暴跌時間吧。除了萬能之神，沒有人能夠預測暴跌時間。

不過，羅倫斯眼前浮現了一個畫面，那畫面是麥子大產地的村民們試圖以人類的力量，去完成長久以來都是由神明掌控的工作。

如果必須戰戰兢兢地等待神明來決定暴跌時間，那不如乾脆自己代替神明來決定。

就在羅倫斯腦中浮現如此狂妄的想法時，遠處傳來了歡呼聲，於是他抬高了視線。

不知不覺中，羅倫斯已走了很長一段路，他再次來到城鎮正中央的交叉路口。

交叉路口的麥草玩偶隨著怒吼聲響起而互相撞擊，每撞擊一次，撞得粉碎的麥草碎片就會跟著散落，並且引起一陣歡呼。那情景簡直就像真正的戰場。

被如此魄力給壓倒的羅倫斯不禁拋開了原本在腦中翻騰的策略，注視了祭典好一會兒的時間。羅倫斯忽然發現了什麼，隨之回過神來。

霎那間，羅倫斯甚至覺得脖子上的寒毛都豎了起來。

阿瑪堤。

眼前出現了阿瑪堤的身影。

在這般擁擠的人潮之中，竟然會偶然遇見阿瑪堤，這該不會是老天爺在惡作劇吧？羅倫斯一下子就改變了這樣的想法，他察覺到就算這是偶然，也有著意義。

羅倫斯就站在卡梅爾森的市中心。

那是通往東西南北四方的大街交叉路口。

阿瑪堤背對著赫蘿所在的旅館走著。

然後，阿瑪堤停下了腳步，緩緩回過頭來。

羅倫斯霎時以為阿瑪堤的視線看了過來，但阿瑪堤壓根兒就沒發現他。

羅倫斯立刻隨著阿瑪堤的視線看去。

他當然知道阿瑪堤的視線移向了何方。

只是，羅倫斯說什麼也得知道阿瑪堤看見了什麼。

阿瑪堤緩緩步行後，回頭看去的那個位置。

那個面向大街的旅館二樓的窗戶邊，出現了頸部圍上了圍巾的赫蘿。

羅倫斯感覺到胃部四周一陣近似腹痛的緊張感，近似憤怒的焦躁感讓羅倫斯嚐到特別苦澀的滋味。

赫蘿一副覺得很溫暖的模樣讓嘴巴湊近圍巾，輕輕點點頭。

相反地，阿瑪堤則是一副盡忠於神明的教會騎士模樣用手按住胸口。

羅倫斯不知道是赫蘿邀請阿瑪堤進房間，還是阿瑪堤厚臉皮地進了房間。

不過，從現狀看來，羅倫斯沒有太多樂觀線索能夠否定他心中的猜疑。

在那之後，阿瑪堤立刻轉向前方，背對著旅館走去。看著阿瑪堤身體略向前傾，像在逃跑似地迅速離去，羅倫斯心中的疑慮也就越來越深。

轉眼間阿瑪堤的身影便消失在人群之中，羅倫斯再次把視線移向旅館的房間。

跟著，他倒抽了一口氣。

因為羅倫斯十分確定赫蘿正看向自己。

羅倫斯都能夠在人潮之中發現阿瑪堤，有著好眼力的赫蘿當然沒理由不會在人潮之中發現羅倫斯。

然而，赫蘿沒有立刻別開視線，當然也沒有露出笑容，她只是注視著羅倫斯。

不知道過了多久的時間，就在羅倫斯差不多快呼出倒抽的那一口氣時，赫蘿忽然從窗戶邊走開了。

如果赫蘿就這麼關上木窗，或許羅倫斯就會失去動力。

然而，赫蘿雖然離開了窗邊，但是她卻沒有關上木窗，而是讓木窗敞開著。

木窗像是具有吸力似地拉動著羅倫斯的雙腳，讓他朝旅館的方向走去。

羅倫斯當然沒有天真地以為赫蘿與阿瑪堤是隔著木窗交談。

因為赫蘿又不是單純的城市女孩，而阿瑪堤對赫蘿的情感正處在極不冷靜的狀態，所以羅倫斯當然會認為兩人一定是在房間裡談了些什麼。

即便如此，赫蘿卻沒有表現得慌張或驚訝，她只是靜靜地看著羅倫斯，這是因為赫蘿沒有做出不能被羅倫斯撞見的事。

這麼一來，就表示赫蘿是故意要刺激羅倫斯。

而世上有哪一個男人被人刺激，還無動於衷呢？

羅倫斯記起了與赫蘿在留賓海根的交談。他心想，只要老實說出心中的想法，赫蘿一定會明白的。

羅倫斯一邊走向旅館，一邊在心底定下決心。

羅倫斯一打開旅館的大門，愉快的酒宴場面便躍進了他的眼簾。

每張桌子都排滿了各式各樣的食物，人們一邊或是聊天、或是歌唱，一邊享受飲酒樂趣。

一想到自己與赫蘿原本應該也在其中某張桌上開心地坐著，就算羅倫斯是以字典裡沒有後悔兩字為傲的商人，也忍不住嘆了口氣。

不過，一定有機會挽回。如果赫蘿是完全拒絕的態度，她應該會關上木窗才是。

羅倫斯懷抱這樣的信心踏上吧檯旁通往二樓的階梯。

就在羅倫斯踏上階梯的那一刻，有人叫住了他。

「羅倫斯先生。」

內心原本就不太平靜的羅倫斯聽了，驚訝地回過頭看，而對方似乎也吃了一驚。

從吧檯稍稍探出身子，呼喚了羅倫斯的旅館老闆不停地眨著眼睛。

「……抱歉。有什麼事嗎？」

「啊，是這樣的，我受命要將這信件交給羅倫斯先生您。」

聽到信件兩字，羅倫斯不禁覺得胸口一陣不安，他咳了一下讓心情恢復平靜。

羅倫斯走下階梯，然後走近吧檯收下老闆遞出的信件。

「這是誰送來的信？」

「是您的同伴，剛剛才送來的。」

羅倫斯的表情沒有顯露一絲變化，這讓他不由得想誇獎自己。

不用說也明白，身為旅館的老闆當然掌握了所有投宿在旅館的客人以及進出者。

羅倫斯留下赫蘿獨自外出，在羅倫斯外出的期間阿瑪堤前來拜訪赫蘿，被拜訪的赫蘿不直接與羅倫斯交談，而打算以信件傳達訊息給羅倫斯。

如果老闆看兩人這樣的互動，還不覺得情況有異，那才教人奇怪。

不過，老闆卻是一副什麼都不知情的表情看著羅倫斯。

城鎮商人有著深厚的橫向聯繫。

羅倫斯心想，如果現在沒有表現得體一些，謠言就會立刻散播開來吧。

「可否借個燈光？」

羅倫斯竭盡所能地用冷靜的口吻說道。老闆聽了，輕輕點頭並從後方取來了銀燭臺。

在不是使用動物油脂，而是使用蠟燭的強光映照下，羅倫斯不禁擔心起假面具底下的不安情緒會顯露出來。

羅倫斯在心裡冷笑起有著如此想法的自己，他拔出腰上的短劍小心地剝去信封上的蠟。

雖然旅館老闆一副自己不會失禮地偷看信件內容的模樣走遠了，但是羅倫斯仍然感覺得到老闆不時看向這裡。

羅倫斯輕輕咳了一下後，便解開信封取出信中物。

信封裡裝了一張羊皮紙，和另一枚普通紙張。

羅倫斯感覺到心臟怦怦鼓動著，但是他現在如果猶豫多疑，就表示他不信任赫蘿。就可能性而言，信上就是寫著希望和好的內容也不足為奇。

羅倫斯緩緩掀開對折的紙張，細砂也隨之從紙上散落。

羅倫斯猜想細砂是用來快速乾燥墨水，而這也讓他明白了赫蘿才剛寫完信不久。

究竟是絕交信，還是和好信呢？

紙上文字躍進了羅倫斯的眼簾。

『現金兩百枚銀幣，黃鐵礦持有量約價值三百枚銀幣。可變賣……』

看到沒有任何開頭語，就直接這麼寫著的敘述內容，羅倫斯錯愕地抬起頭。

現金？黃鐵礦？

羅倫斯原本以為信上會寫著彷彿聽得見赫蘿說話的內容，但實際上卻只是一些冰冷無感情的文字排列。

然而，羅倫斯再次把視線拉回紙上，紙上寫的內容讓他不由得用力咬住牙根。

『……價值三百枚銀幣。可變賣財產約兩百枚銀幣。』

不用想也知道，這是阿瑪堤的財產清單。

就像硬邦邦的麵包被淋上熱水一樣，羅倫斯感覺到全身的力氣逐漸散去。

赫蘿是為了從阿瑪堤口中問出這些情報，所以邀請他進了房間。

如果真是如此，赫蘿一定是為了羅倫斯才這麼做。

這是赫蘿拐彎抹角的和好信。

儘管臉上不禁浮現了笑容，羅倫斯卻絲毫沒有要遮掩的意思。

另外，文字敘述的最後寫了『本文由他人代寫』。

識字卻不會寫字的大有人在。赫蘿一定是在問出這些情報後，隨即以上廁所為藉口離開房間，然後拜託正好路過的商人幫她寫下這些內容。因為羅倫斯看過阿瑪堤在契約書上寫的字，所以他確定這不是阿瑪堤的字跡。

羅倫斯細心地折疊好暗藏價值比千金更可貴的信紙收進懷裡，接著拿起另一張羊皮紙。

他心想，或許赫蘿耍了什麼花招，讓阿瑪堤簽下內容嚇人的契約書也說不定。

羅倫斯的腦海裡浮現了方才與赫蘿幽會、一臉春風得意的阿瑪堤身影。

——赫蘿是想與我一起旅行的——

羅倫斯一邊沉醉在這般安心感與優越感之中，一邊毫不猶豫地掀開了羊皮紙。

『以神之名……』

羊皮紙上的字跡強而有力，顯得有威嚴。無庸置疑地，這是阿瑪堤的字跡。

羅倫斯按捺住焦急的情緒，繼續閱讀。

他的視線追著第一行、第二行、第三行文字跑。

接下來——

『兩人依上述內容宣誓，正式結為夫妻。』

羅倫斯讀完整行句子的瞬間，感覺到世界彷彿天旋地轉了起來。

「……咦？」

羅倫斯咕噥道，那聲音微弱得讓人感覺像是從遠處傳來。

明明已經閉上眼睛，剛剛讀完的文章內容卻依然歷歷在目。

結婚證書。

在神的見證下宣誓的結婚證書上寫著年輕販魚大盤商——費米．阿瑪堤，以及赫蘿的名字。

赫蘿的監護人欄位仍是空白。

但是，只要在欄位上填寫監護人姓名、蓋上印章，再送到任何一個城鎮的教會裡去，阿瑪堤與赫蘿就能夠正式結為夫妻。

赫蘿的名字以醜陋的字跡寫著。

一看就知道是不會寫字的人依樣畫葫蘆寫下的字體。

羅倫斯的眼前浮現了赫蘿一邊看著阿瑪堤寫下的字體，一邊動作笨拙地在結婚證書上簽名的模樣。

羅倫斯取出收進懷裡那封暗藏價值比千金更可貴的信，掀開信紙再看了一遍內容。

想必信上寫的一定是阿瑪堤的財產清單。因為信上寫的並非不切實際的數字，而是阿瑪堤十分可能擁有的金額。

只不過，赫蘿會問出這些財產的金額並非為了幫助羅倫斯，而是為了告訴羅倫斯現狀有多麼地嚴酷。

赫蘿為何要這麼做呢？羅倫斯甚至覺得自己抱有這個疑問顯得愚蠢。

只要對照著結婚證書看，便能立刻得到答案。

阿瑪堤再差一步就可以達成與羅倫斯的契約，而赫蘿正打算離開羅倫斯。

羅倫斯與赫蘿原本就是因為偶然相遇而在一起。

儘管年輕、魯莽又憨直，卻很優秀且一心一意地愛著自己，或許赫蘿認為這樣的阿瑪堤是個合適的新伴侶。

羅倫斯找不到任何線索能夠推翻這個想法。

就算羅倫斯握緊這張結婚證書奔上二樓，要求赫蘿不要結婚，想必也會遭到功夫一流的赫蘿擊退吧。

既然如此，羅倫斯只好堅定自己的決心。

赫蘿之所以會揭露阿瑪堤的財產清單，想必她的意思是如果羅倫斯成功地擊敗了阿瑪堤，她就願意聽羅倫斯解釋。然而，反過來的意思就是如果無法擊敗，一切免談。

確實是有辦法擊敗阿瑪堤。放心，仍有希望。

這麼告訴自己的羅倫斯迅速收起信紙和結婚證書後，看向旅館老闆說：

「幫我拿出寄放在這裡的所有現金。」

對羅倫斯而言，與赫蘿的旅行比千金更可貴。

在不違法之下，有可能讓阿瑪堤變得一貧如洗。

但是，問題就在於阿瑪堤願不願意接受包含這個可能性的交易。

依羅倫斯的猜測，阿瑪堤極有可能不知道他打算提出的交易類型。這並非羅倫斯瞧不起阿瑪堤，而是阿瑪堤從事的行業與這種交易無緣。

對於自己不熟悉的交易，任誰也不願意接受。

更何況提出交易的是堪稱仇敵的羅倫斯。

因此，阿瑪堤接受與不接受交易的機率比例頂多是一比九。就算採用慫恿、或是挑釁的方式，羅倫斯都必須設法讓阿瑪堤接受交易。

而且，儘管表面上這是個正常的交易，但是阿瑪堤一定也會察覺到提議內容是完全敵對性的商業交易。

既然這樣，羅倫斯正好可以用充滿慫恿與挑釁意味的吵架態度面對阿瑪堤。

這不是在談生意，羅倫斯壓根兒就沒想過要賺錢。

當一個商人考量到生意損益之外的事情時，就已經算是虧損了；而如此理所當然的想法早已被羅倫斯拋到九霄雲外。

羅倫斯向旅館老闆打聽阿瑪堤有可能逗留的酒吧後，便一家一家尋找，最後終於在第四家酒吧找到了阿瑪堤。儘管街上是一片熱鬧的祭典氣氛，阿瑪堤卻在安靜的酒吧裡獨自喝著酒。

阿瑪堤的面容顯得有些疲倦，或許是他完成了與赫蘿簽訂結婚證書這項幸運的重大任務後，緊張感也隨之散去的緣故吧。也或許是因為他還沒有籌足一千枚銀幣。

然而，羅倫斯根本不在乎阿瑪堤究竟是什麼樣的心境。

生意並非永遠能夠在做好萬全準備的狀況下進行。而這時想要讓生意順利進行，就得憑靠商人的能耐。

而且，羅倫斯不願意把事情拖到明天，以免變得更難交涉。

因為羅倫斯打算提出的交易就屬於這種不能拖延的類型。

羅倫斯深呼吸一次之後，便在阿瑪堤發現他之前，走進了阿瑪堤的視線範圍。

「啊……」

「晚安。」

阿瑪堤似乎沒有單純地以為在這裡遇見羅倫斯這個討人厭的傢伙，純粹是偶然。

雖然阿瑪堤吃驚地說不出話來，但是不到幾秒鐘後，他就已經恢復了販魚大盤商的表情。

「您不用這麼警戒，我是來談生意的。」

對於自己能夠在臉上浮現淺淺的笑容，就是羅倫斯自身也感到意外。然而阿瑪堤聽了，卻是一副一點也不好笑的表情說：

「如果是來談生意，那更要保持警戒。」

「哈哈，說的也是。那麼，能否請您撥個空？」

阿瑪堤點點頭，羅倫斯就在同一張桌子坐了下來。對著一副嫌麻煩的模樣前來點單的酒吧老闆，羅倫斯只簡短告知了句「葡萄酒」。

面對面而坐的對手雖然有著如女孩般的纖細身材，但是他是個隻身離家來到這裡、成功在望的販魚大盤商。羅倫斯告訴自己不能被對手如少年般的外表矇騙，也不能掉以輕心。

同時更不能讓對方有所戒心。

羅倫斯很自然地咳了一下，並稍微環視了四周後，才開口說：

「這裡很安靜，是個好地方。」

「在其他酒吧都不能安靜地喝酒，這裡是很難得的地方。」

羅倫斯聽了，不禁猜疑起阿瑪堤的話語背後，是否有「現在卻被這個討人厭的傢伙打擾了」的意思。

不過，就是羅倫斯也希望能夠盡快把事情談完。

「那麼，突然向您提起生意，我想您一定很訝異吧。不過，您也有事情讓我感到訝異，所以這麼就算扯平了。」

羅倫斯並不知道阿瑪堤說了什麼甜言蜜語討好赫蘿，讓赫蘿簽下結婚證書。羅倫斯認為就算赫蘿的反應再快，也不可能會有想要簽寫結婚證書的念頭。

這麼一來，就表示赫蘿一定是在阿瑪堤的唆使下才這麼做。

只不過，羅倫斯並沒有權利責怪赫蘿。

讓阿瑪堤進了房間的人是赫蘿，而造成如此事態的原因在於羅倫斯。

雖然羅倫斯不知道阿瑪堤是如何成功勸說赫蘿，但是他舉起右手制止了正準備開口解釋這件事的阿瑪堤。

「不，我不是為了談那件事而來。不過，那件事確實促成了我來這裡向您提起生意的原因，我不打算追究那件事。不管怎麼說，要怎麼決定這一切，都是赫蘿的自由。」

阿瑪堤有些怒形於色地注視著羅倫斯，然後輕輕點了點頭。

雖然阿瑪堤的眼神透露出他對羅倫斯說的話仍抱有懷疑，但是羅倫斯並不打算多做解釋來解開阿瑪堤的疑慮。

因為羅倫斯接下來必須說出更加令人起疑的話。

「可是，畢竟讓我想到這筆生意的原因在於那件事，所以我也不敢說這算是正常的交易。」

「您到底有什麼企圖？」

阿瑪堤一針見血地說道。

然而，羅倫斯毫不畏怯地繼續說：

「我就開門見山地說吧，我希望能夠賣黃鐵礦給您。」

阿瑪堤注視著羅倫斯的藍色眼珠瞬間不知看向了遙遠何方。

「咦？」

「我希望能夠賣黃鐵礦給您。以現在的行情來算，約價值五百枚崔尼銀幣的黃鐵礦。」

半張著嘴的阿瑪堤把視線焦點從遠方拉回，他輕輕笑笑後，嘆了口氣說：

「您別開玩笑了。」

「我不是在開玩笑。」

阿瑪堤瞬間收回笑容，用著近似憤怒的眼神看向羅倫斯。

「您應該知道我靠著轉賣黃鐵礦賺了不少錢吧？您明明知道，卻說要賣黃鐵礦給我？手上的庫存量越多，賺的錢就越多，我實在無法相信您會這麼做。還是說——」

阿瑪堤停頓了一下後，用著確實散發出憤怒情緒的眼神說：

「外傳您只要能夠拿回借款，就不管赫蘿小姐死活，難道是真的？」

阿瑪堤的發言讓羅倫斯瞬間明白了赫蘿說了些什麼，以及阿瑪堤心裡想著些什麼。

他散發出來的騎士率直本性，讓羅倫斯覺得有些刺眼。

「不。對我來說，赫蘿是很重要的存在。」

「既然這樣，怎麼會——」

「當然了，我不會單純地賣給您。」

如果是惡言相向的競標，或許阿瑪堤會比較得心應手，但如果是一對一的商談，羅倫斯就有不輸給阿瑪堤的自信。

羅倫斯掌握到了阿瑪堤的說話步調，他控制著對話，讓局勢朝著對自己有利的方向發展。

羅倫斯用著極其冷靜的聲音說出事先想好的台詞：

「我希望採用信用販賣的方式。」

或許是因為聽到不熟悉的字眼，阿瑪堤反問說：

「信用……販賣？」

「是的。」

「這到底是……」

「意思是說我希望以目前的行情，在明天傍晚把價值五百枚崔尼銀幣的黃鐵礦賣給您。」

赫蘿自誇耳力好時，總會說她聽得見皺眉頭的聲音，而現在的羅倫斯覺得自己彷彿也聽得見那聲音。

由此可見，阿瑪堤的表情說出這件事有多麼令他費解。

「既然這樣，您明天傍晚再吩咐一聲……」

「不，我希望現在就收款。」

阿瑪堤的表情顯得更加詫異。

除非阿瑪堤擁有像赫蘿般的好演技，否則他一定不知道信用販賣這方面的知識。

商人如果缺少情報，就像被矇住眼睛上戰場一樣。

羅倫斯拉緊弓弦準備放箭。

「也就是說，我現在在此向阿瑪堤先生您收取五百枚銀幣，然後在明天傍晚把現在這個時間點價值相當於五百枚銀幣的黃鐵礦交給您。」

阿瑪堤拚命地動腦思考。信用販賣表面上的體制並非難以理解。

不久後，阿瑪堤似乎理解了信用販賣的體制。

「意思是說到了明天傍晚，就算黃鐵礦的價格高過目前的行情，我也能拿到依目前的行情來計算的黃鐵礦數量，是嗎？」

「沒錯。好比說我現在以信用販賣的方式賣了一顆價值一千兩百伊雷多的黃鐵礦給您，那麼我就會在這裡向您收取一千兩百伊雷多；等到明天傍晚，就算這顆黃鐵礦的價值漲到兩千伊雷多，我也必須把這顆黃鐵礦交給您。」

「……反過來說，就算到了明天傍晚只剩下兩百伊雷多的價值，我也只拿得到一顆黃鐵礦，對吧？」

「就是這麼回事。」

阿瑪堤的反應果然很快。

然而，羅倫斯仍會擔心阿瑪堤能否察覺到這筆交易的意義。

如果單純地思考，信用販賣與現場賣出手上的商品這兩種交易並無任何差異。

賣出手上的商品後，如果商品價格上漲了，就會因為太早賣出而感到後悔；而如果價格下跌了，就會因為已經賣出而鬆了口氣。

然而，金錢進出與商品進出之間的時間差距會帶來決定性的不同。

羅倫斯希望阿瑪堤察覺到的就是這個不同。

如果阿瑪堤沒能察覺到，他會拒絕這筆交易的可能性就相當高。

阿瑪堤開了口：

「這其實和普通的買賣沒什麼差別吧？」

阿瑪堤沒能夠理解。

羅倫斯按捺著想咋舌的心情。他為了讓阿瑪堤能夠理解，正準備展開一場誘導說明。

這時，阿瑪堤阻止了他。

「不，應該有差別。」

阿瑪堤一副稱心如意的表情笑笑。他那少年般的面容，變成了只會因為損益顯露喜怒哀樂情緒的商人面孔。

「您是希望在這個自己晚了一步出手的生意之中，至少還能夠賺取一些利益。沒錯吧？」

羅倫斯似乎沒必要多做說明了。

商人不會進行沒意義的交易。若是乍看下覺得沒意義，那就表示是自己沒有確實地理解。

「如果說信用採購是手頭上沒有資金，卻能夠取得商品的方法，那這個信用販賣就是手頭上沒有商品，卻能夠賣出商品取得現金的方法。如果說信用採購是因為手頭上的某商品價格上漲而賺得利益，那採用信用販賣時，只要現金價值上漲，就會帶來利益。也就是說，只要販賣商品的價格下跌，就會帶來利益。」

而且，在進行交易時，就是手上根本沒有這個販賣商品，也不構成問題。

因為這是在承諾「晚些時間交貨」而取得信用之下，所進行的交易。

「哈哈，原來還有這種生意可做。光是從事魚類交易，都不懂得這世界有多大。您選擇我當這生意的交易對象是因為……不，不用說也知道原因吧。如果我向您追加買了價值五百枚銀幣的黃鐵礦，當價格上漲時，我得到的利益當然會隨之增加，但是當價格下跌時，虧損也會增加。當您獲得利益時，就是我虧損的時候。」

阿瑪堤挺起胸膛，表情變得充滿自信。

羅倫斯感覺到自己反而變得面無表情。

拉緊弓弦的手緊張地顫抖著。

阿瑪堤接續說：

「這個意思就是……」

羅倫斯快了一步射出箭矢。

「阿瑪堤先生，我是在向您挑起決鬥。」

販魚大盤商的嘴角揚起。

那笑容像極了商人。

「這不能算是決鬥吧。」

然而，商人口中卻是說出這樣的話。

「所謂的決鬥，應該在雙方擁有對等條件下進行，而這筆交易根本不對等。羅倫斯先生您該不會是想說這筆信用販賣只在您、我之間存在著意義吧？」

「您的意思是？」

「您不會打算不簽寫證書，就要進行交易吧？我的意思是這證書可以轉讓給其他人嗎？」

除非是相當偏遠的地區，否則普遍都會進行債務債權的買賣交易。

當然了，信用販賣的證書也不例外。

「我如果提出如此不自由的交易，想必您也不願意接受吧？這樣風險未免太大了。」

「沒錯。就算事情真如羅倫斯先生所想像般，黃鐵礦的價格到了明天傍晚會下跌，但只要價格在明天白天上漲到我需要的金額，我就會賣了黃鐵礦。如果這時被限制賣出，我就會猶豫該不該接受這筆交易。只是，您若是願意接受這點，這就不算是條件對等的交易。」

羅倫斯沉默地聆聽，阿瑪堤接續說：

「這樣對羅倫斯先生太不公平了。因為只要價格再上漲一些，我就能夠達成目標。只是，為了保護自己的利益，我也不願意接受對羅倫斯先生有利的交易。」

也就是說，不管條件如何，阿瑪堤都不願意接受這筆交易。

不過，商人不會因為被拒絕一次就放棄交易。

羅倫斯沉穩地說：

「如果只是看這筆交易，或許您說得沒錯。但是，如果把視野稍微放大一些來看，這點程度的不公平其實恰到好處。」

「……您的意思是？」

「我的意思是赫蘿有可能撕毀結婚證書。您手上也有一份吧？」

阿瑪堤楞楞地看著羅倫斯。

「就算您還給我一千枚銀幣的借款，您仍然避免不了只要赫蘿搖頭不答應，就什麼事都做不成的風險。和您的風險比起來，我這點程度的不公平算不了什麼。」

然而，阿瑪堤的臉上立刻浮現笑容，並用鼻子哼笑了一聲做出反擊。

「哈！我想這您應該不用擔心吧？聽說兩位大吵了一架呢。」

羅倫斯感覺到身體在發熱，彷彿背部被燒得火紅的鐵棒刺傷了般。不過，羅倫斯使出所有他身為商人的經驗和力量，在臉上顯露出翻騰情緒之前，做出反擊說：

「赫蘿在旅行途中，曾經三度在我的懷裡哭泣。」

羅倫斯這麼一說，就讓阿瑪堤的臉上先顯露出了情緒。

阿瑪堤帶著淺淺笑意的臉就這麼僵住，他緩緩發出細長的深呼吸聲。

「雖然哭泣時的赫蘿相當可愛，只可惜她的個性倔強彆扭。有時候她老是喜歡做出一些違背真心的言行舉動。也就是說——」

「我接受交易！」

阿瑪堤強勢地中斷了羅倫斯的話，他的表情就像接受決鬥的騎士。

「我接受您提出的交易！」

「真的可以嗎？」

「別囉唆了，我接受！我是……我是擔心如果最後我奪走了您的一切，那未免太殘酷，所以才說出剛剛那樣的話。不過，既然您都這麼說了，我就接受吧。而且，我還會奪走您的財產以及所有的一切。」

阿瑪堤因為憤怒而滿臉通紅。

這個時候怎能教羅倫斯不笑呢？

羅倫斯露出像獵人抓起掉落陷阱的獵物時的笑容，然後伸出右手說：

「您願意接受交易嗎？」

「正合我意！」

使出全力握緊的手是彼此企圖奪走對方寶物的手。

「那麼，我們就立刻簽寫合約吧。」

然而，羅倫斯以冷靜的頭腦判斷並做出結論。

就進行這筆信用販賣交易的這個時間點來說，雙方可說勢均力敵，甚至應該說阿瑪堤處於下風比較妥當。

阿瑪堤是否察覺到了這點呢？不，就是因為沒有察覺到，所以阿瑪堤才會接受交易吧。不過，阿瑪堤就是現在才察覺，也來不及了。

兩人向酒吧老闆借來紙筆，當場簽訂了合約。

但是，因為阿瑪堤要準備五百枚銀幣的現金有所困難，所以羅倫斯同意以阿瑪堤擁有的三匹馬補足現金不足的兩百枚銀幣。兩人約定在明天市場開放的鐘聲響起時交付現金，馬匹的交付時間是在傍晚過後。

如果赫蘿提供的情報可信，阿瑪堤手上應該有兩百枚銀幣的現金、價值三百枚銀幣的黃鐵礦庫存量，以及價值兩百枚銀幣的可變賣財產。

雖然這麼對照下來，阿瑪堤手上的現金多了一百枚銀幣，但是他會以三匹馬來補足兩百枚銀幣，就表示這三匹馬是他擁有的可變賣財產吧。

這麼一來，阿瑪堤就等於擁有價值八百枚銀幣的黃鐵礦。這代表著只要黃鐵礦的價格上漲二成五的比例，就能夠籌足一千枚銀幣。如果實際金額多於赫蘿給的情報，只要更小的上漲比例就能夠籌足。

即使如此，羅倫斯也不認為自己處於下風。

「就讓我們明天傍晚一決勝負吧。」

在最後蓋上印章時，阿瑪提抬起頭興奮地說道，羅倫斯沉穩地點頭回應。

羅倫斯提到赫蘿在他的懷裡哭泣似乎起了很大的作用。

如果立場互換，羅倫斯相信自己也會有相同的反應。

商人只要一扯上與生意無關的事情，似乎就會變得沒用。

「那麼，我先告辭了。不打擾您品嚐美酒。」

完成合約後，羅倫斯這麼說，並離開了酒吧。

羅倫斯射出的箭矢直直地射中了阿瑪提的胸口。雖然羅倫斯相信阿瑪提也察覺到自己中了箭矢，但是還有一件事情羅倫斯隱瞞著沒說。

那就是這支箭矢塗上了唯有熟悉信用交易的人才知道的遲效性毒素。

商人是在卑鄙與誠實之間進行狩獵。

根本沒有必要說明一切。

因為商人都是陰險的。

羅倫斯與阿瑪提簽訂完黃鐵礦的信用販賣合約後，便直接前往市場。

雖然市場當然已過了營業時間，但這時的市場氣氛與白天一樣熱鬧。商人們賴著月光的照明排開酒宴，就連夜警也涉入不斷展開的喧騷之中。

羅倫斯一來到馬克的攤販，便發現馬克果然就在攤販裡，而非住家。

馬克沒有與人共飲，只是獨自伴著喧騷氣氛喝酒，那模樣顯露出了他曾是旅行商人的事實。

「嗯？怎麼了？不用陪伴公主嗎？」

馬克一看到羅倫斯走近，隨即開口這麼說。羅倫斯聳聳肩露出苦笑。

馬克笑著說了句「先喝再說吧」後，便將陶器瓶子裡的啤酒倒入啤酒杯。

「會不會打擾到你？」

「哈哈。如果你一直保持清醒就算打擾，如果喝醉了就不算。」

羅倫斯在裁短圓木製成的椅子上坐了下來後，一邊放下裝了銀幣和金幣的麻袋，一邊喝起馬克為他倒的啤酒。羅倫斯含了一口泡沫充足的啤酒，啤酒芳香瞬間在口中散開，令人發麻的苦澀味道順著喉嚨滑落。

這代表著啤酒裡的啤酒花充分發揮了效用。

馬克不愧是小麥商人，辨別啤酒的好壞似乎也難不倒他。

「這啤酒好喝。」

「因為今年不管什麼麥子的收成都很好。如果碰到收成不好的時候，就連製造啤酒的大麥都會被拿去做麵包，所以要好好感謝豐收之神。」

「哈哈，說的也是。不過……」

羅倫斯把啤酒杯擱在洽談桌上說道。

「我有件事想跟你說，只是這事情可能不太適合當酒席的助興話題。」

「嗯……嗝。是能夠賺錢的好事嗎？」

「不，這很難說。視狀況發展，或許賺得到錢。不過，我的目的不在於此。」

馬克夾起一片鹽漬魚肉往嘴裡送，然後一邊發出咀嚼鹽巴的沙沙聲音，一邊開口說：

「你也太老實了吧。你應該說會賺錢，這樣我才會樂意幫忙啊。」

「我當然會付給你手續費。而且，視狀況發展，或許會替你帶來利益。」

「怎麼說？」

羅倫斯擦去沾上嘴角的啤酒泡沫後，開口說：

「在祭典結束時，麥子會集中買賣吧？」

「會啊。」

「到時候我希望你幫我散播一個謠言。」

馬克露出了挑選麵粉好壞時會有的表情。

「我可不幹危險的事喔。」

「如果是你親口說，或許會有危險。不過，如果是由小伙子來說，應該就沒什麼問題吧？」

其實羅倫斯不過是想散播一件小事。

不過，謠言擁有相當可怕的力量。

據說在很久以前，有一個大國只因為某城市的一名少年說出國王好像生病了的話，就走上滅亡之路。少年說的話幾經流傳，並傳進了周邊各國，最後導致聯盟瓦解，而大國的領土也遭到佔領、分割。

人們擁有的話題其實並不多。

而人們的耳朵就是為了聆聽微乎其微的謠言，好讓嘴巴大肆宣傳而存在。

馬克頂出下巴示意要羅倫斯說來聽聽。

「當我發出指示時，我希望在某場所幫我說——就說麥子的價格差不多會上漲了吧。」

馬克聽到的瞬間，彷彿時間靜止了似的停止動作，他的目光注視著遠方。馬克是在思考羅倫斯的話代表著什麼意思。

不久後，馬克露出難以置信的笑容，拉回了視線的焦點。

「你是存心想降低那礦石的價格啊？」

「差不多是這個意思。」

羅倫斯猜測會出手買賣黃鐵礦的多半是來到城裡賣出商品，然後在離開時會採買一些貨品回去的人。

這些人離開時會採買最多的貨品想必是麥子。

在麥子集中買賣時，如果聽到麥子的價格會上漲，大家一定都會賣出只是買來賺點外快的黃鐵礦，然後趕緊採買真正設為目標的貨品。

這麼一來，黃鐵礦的價格必然會開始下跌。

而且，價格一旦開始下跌，只要過了某個時間點後，就會一路暴跌。

小麥商人大口喝下啤酒後，冷靜地說：

「沒想到你是想法這麼單純的人。」

「如果我說同時還要賣出相當金額的黃鐵礦，你還會這麼認為嗎？」

馬克的眼瞼抽動了一下，他稍作思考後，問了羅倫斯一句「多少金額？」

「一千枚崔尼銀幣。」

「啥……一千枚？你是笨蛋啊？你這麼做，不知道會虧損多少錢呢。」

「價格跌多少都無所謂。」

馬克露出再苦澀不過的表情，來回撫摸下巴讓鬍子唰唰作響。他的視線飄來飄去，嘴裡發出呻吟聲。馬克的模樣看來，像是猜不透羅倫斯在想什麼的樣子。

「只要能夠再買到價值五百枚銀幣的黃鐵礦現貨，不管最後它的價格是漲是跌，我的荷包都不痛不癢。」

羅倫斯向阿瑪堤提出的交易是阿瑪堤處於下風。

這麼說的理由就在於此。

「可惡，原來是信用販賣啊。」

如果手上的商品價格上漲，那當然不會傷及荷包，但價格下跌也不會傷及荷包的特殊狀況並不多。

賣出的商品價格如果下跌，只要以下跌的價格買回商品再交給交易對象就好，而手上的商品價格如果上漲，就會直接帶來利益；只要利用前者的信用販賣搭配上後者的一般交易，就能夠做出無論黃鐵礦的價格上漲或下跌，羅倫斯的財產既不會增加、也不會減少的狀況。

而且，羅倫斯最具決定性的優勢在於商品被大量賣出時，其價格勢必會下跌的事實，以及因為阿瑪堤無論如何都得獲取利益，所以他必須讓黃鐵礦的價格上漲。

也就是說，羅倫斯的企圖是拿信用販賣給阿瑪堤所收取的五百枚銀幣，以及手頭上的現金到處搜購黃鐵礦，然後一次賣出所有買來的黃鐵礦來引發價格暴跌。

只要能夠把利益置之度外，就做得出這種事。

曾是旅行商人的馬克立刻察覺到了羅倫斯的企圖。

當然也察覺到了羅倫斯的對手是誰。

「因為無知而受騙的可憐販魚大盤商還真教人同情啊。」

羅倫斯聳了聳肩回應馬克。

然而，乍看下如此具有優勢的計畫，卻有一點讓羅倫斯無法穩下心來。

世上根本沒有完美的計畫。

「那傢伙看起來，應該會知道進行不熟悉的交易有多麼危險才對啊。」

「是啊，他應該知道有危險，但還是接受了交易。我不會連這個都不提醒他的。」

馬克用喉嚨發出輕輕笑聲，跟著喝光剩下的啤酒，一改表情說：

「那，你只要拜託我這件事嗎？」

「還有一件事。」

「說來聽聽。」

「幫我搜購黃鐵礦。」

馬克聽了，一副出乎意料的表情直盯著羅倫斯的臉看。

「你不是先掌握黃鐵礦的來源才簽約的啊？」

「很遺憾，我沒那麼多時間。你可以幫我嗎？」

這點就是羅倫斯無法穩下心來的原因。

儘管有再理想的計畫，如果沒有備齊一切條件，就什麼事也做不得。

而且，羅倫斯缺少的這個條件相當難尋。

羅倫斯當然可以等到天亮後，在市場採買黃鐵礦。但是，如果他在市場買了價值好幾百枚銀幣的黃鐵礦，黃鐵礦的價格勢必會一個勁兒地上漲。

羅倫斯必須在暗地裡，在不會影響行情之下搜購黃鐵礦。

為了達到這個目的，最好的方法就是透過城鎮商人的門路小額小額地搜購大量黃鐵礦。

「付款條件是使用現金，價格多少高過行情價也無所謂。如果數量不少，可以直接用盧米歐尼金幣付款。」

如果說崔尼銀幣是利劍，盧米歐尼金幣就是把長槍緊密排列在一起的槍林。在採買高額商品時，盧米歐尼金幣可說是世上最強的武器。

然而，羅倫斯雖然持有現金，卻沒有門路。而除了馬克之外，他也沒有其他友人可以幫忙。

如果被馬克拒絕，羅倫斯就必須靠自己的力量去收集黃鐵礦。

在這個每年只前來行商沒多少天的城鎮，羅倫斯想要循規蹈矩地搜購大量的黃鐵礦的困難程度可想而知。

然而，馬克卻是不知看向何方地動也不動。

「我會答謝你的。而且，金額不會太少。」

羅倫斯的意思是他不會只支付手續費。

馬克聽了，瞥了羅倫斯一眼。

馬克畢竟是商人，想必他當然不願意做白工。

然後，馬克簡短地說：

「不行。」

「是嗎，那麼……咦？」

「不行。」

這次馬克是看著羅倫斯的眼睛說道。

「什──」

「我沒辦法幫你這個忙。」

馬克正言厲色地說道，羅倫斯探出身子強調著說：

「我會答謝你的。我不會小氣地只付給你手續費，你絕對不會吃虧。這條件很好吧？」

「不會吃虧？」

把鬍鬚修剪得讓自己看起來像個方臉的馬克一皺起眉頭，就變得像塊岩石一樣。

「不是嗎？我是要你幫我搜購黃鐵礦，並沒有要你投資啊。而且是用現金支付，這樣你怎麼可能吃虧？」

「羅倫斯。」

馬克的話比任何靜止信號都更有力地中斷了羅倫斯的言行。

然而，羅倫斯不明白馬克的想法。遇上能夠獲得合理的酬勞，並且確定不會有風險的交易時，不可能有商人會拒絕。

為什麼馬克會說不行呢？

難道馬克只知道看羅倫斯的缺點嗎？羅倫斯這麼一想，一陣近似憤怒的猜疑情緒也隨之在內心翻騰。

這時，馬克接續說：

「你能付給我的金額頂多只有十盧米歐尼吧？」

「如果只是代理採購，這樣的酬勞很足夠了吧？又不是要你獨自扛著整個商隊採買量的商品，在一天之內爬過陡峭山岳回來。」

「你是要我跑遍市場，幫你搜購黃鐵礦的意思吧？這是一樣的狀況。」

「究竟哪裡……！」

羅倫斯坐著的圓木椅子「叩」的一聲翻倒在地，他以嚇人的氣勢探出身子，在差一步就要揪住馬克時恢復了冷靜。

然而，馬克卻是一點也不動搖。

馬克徹底保持著商人的表情不變。

「唔……究竟哪裡一樣了？我沒有要你整個晚上都在市場裡穿梭，也沒有要你搬動沉重的貨物，更沒有要你前往極有可能遇難或出意外的陡峭山路。我不過是說希望你能夠透過你的門路幫我採買黃鐵礦罷了。」

「我的意思是這狀況是一樣的，羅倫斯。」

馬克緩緩說道。

「你是在荒野出沒的旅行商人，而我是以這個市場為戰場的商人。你腦子裡想的危險都是旅行商人會遇上的危險。」

「啊……」

羅倫斯把聲音吞進了肚子裡，而馬克也像喝了苦水般緊鎖雙眉。

「對城鎮商人而言，一發現有賺錢機會，就毫不遲疑地撲向前的行為絕對稱不上是美德。比起靠副業大撈一筆，靠著本業樸實地賺錢才算是優秀的城鎮商人。雖然這間攤販的老闆是我，但是這間攤販所牽扯到的名譽並不只在於我的名字而已。這間攤販關係著我和我老婆，還有所有血緣關係者、以及與這間攤販配合的所有往來對象的名譽。如果只是賺點小外快，即使是來路不明的錢，也應該手腳快一些下手，這絕不是什麼壞事。」

馬克說到這裡，先再倒入啤酒到杯裡，然後喝了一口。雖然馬克依然緊鎖著雙眉，但想必不是因為啤酒太苦澀。

「可是，要我搜購你要的價值五百枚銀幣的黃鐵礦，那就是另外一回事了。你想周遭的人會怎麼看我呢？想必大家會認為我是個不顧本業，只想著發橫財的沒用傢伙吧。你有辦法付給我和這個風險相稱的酬勞嗎？因為我也曾經是個旅行商人，所以才敢這麼說，城鎮商人經手的金額是只賺一點小錢的旅行商人根本無法匹敵的。」

羅倫斯無法做出任何反駁，他什麼話也說不出來。

馬克丟出最後一句話：

「我這家店雖然看起來小小的，但是我這招牌可是擁有驚人的價值。招牌萬一受損了，那修理費用可不是十枚或二十枚金幣就夠用。」

決定性的一句話。

羅倫斯說不出半句話來，他把視線落在桌面。

「就是這麼回事。」

馬克不是只看見羅倫斯的缺點，更不是想惹得羅倫斯不開心。

馬克說的話一點兒也沒錯。

只是，這讓羅倫斯清楚明白了自己與馬克雖然同樣是商人，但卻是住在完全不同世界的人。

「抱歉啊。」

即使聽到馬克這麼說，羅倫斯也回不出話來。

羅倫斯剩下可以拜託的對象用五根手指數都嫌太多。

「不、不會，抱歉讓你這麼為難。」

如果說還有可以拜託的對象，羅倫斯只想得到巴托斯一人而已。

既然確定無法得到馬克的協助，羅倫斯也只能夠把一切希望放在巴托斯的身上。

然而，羅倫斯記起了巴托斯告訴他有關阿瑪堤的籌錢線索時，曾提過阿瑪堤用了不太正派的手段。

對扛著沉重石塊越過陡峭山岳的巴托斯來說，想必右手接來黃鐵礦，左手隨即賣出並獲取大筆利潤的手段算是齷齪的行為吧。

羅倫斯這麼一想，不禁覺得巴托斯協助他的可能性相當低，但也只能夠硬著頭皮去找巴托斯看看了。

羅倫斯定下決心，胸膛一用力便抬起頭來。

就在羅倫斯抬起頭的那一瞬間，馬克開了口：

「總是一派輕鬆的你也會變成這樣子啊？」

馬克既沒有一副難以置信的表情，也沒有嘲笑的意味，他只是露出有些吃驚的表情說道。

「啊，抱歉，別生氣啊，我只是覺得意外而已。」

看著馬克急忙解釋，羅倫斯當然沒有生氣，就連羅倫斯本身都感到吃驚。

「不過，碰到你那樣的夥伴，也難怪會這樣子了。就算你不這麼拚命想要阻止阿瑪堤那傢伙，你那夥伴也不會輕易就屈服於阿瑪堤吧？連我這個第一次看見她站在你身邊的人都這麼認為了，你就有自信一點嘛。」

馬克這時才露出了笑容，而羅倫斯則是面無表情地回答：

「她把簽了名的結婚證書交給了我，對象當然是阿瑪堤。」

馬克睜大了眼睛，跟著一副不小心踩了地雷的模樣撫摸下巴讓鬍子唰唰作響。

羅倫斯看見馬克這副模樣，不禁稍微放鬆了肩膀的力量。

「如果什麼都沒發生，我當然會有自信。可是，就真的發生了什麼……」

「是你來了這裡之後，再回去時發生的啊？人生差一步就是地獄啊……儘管如此，你仍然覺得有希望，所以努力想著辦法，是嗎？」

看見羅倫斯點頭回應，馬克頂出下巴，跟著嘆了口氣說：

「雖然我知道你那夥伴不是個簡單人物，但是我沒想到她會做出這麼大膽的事……你找得到其他人幫忙嗎？」

「總之，我會先問問看巴托斯先生。」

「巴托斯先生啊。原來如此，你打算叫他幫你問那個女人啊？」

聽到馬克低聲說道，羅倫斯反問說：

「……那個女人？」

「啊？你沒打算叫他幫你問那個女人啊？那個編年史作家啊。你不是見過了嗎？」

「如果你指的是狄安娜小姐，我是見過了。可是，我不明白你的意思。」

「如果你不怕將來有可能惹上麻煩，我覺得你可以找那個女人談談看。」

「你到底在說什麼？」

羅倫斯問道，馬克環視了四周後，稍微壓低聲音說：

「那個女人是掌控北方地區的人，甚至可說是鍊金術師們的聯絡窗口。依我們的見解來看，都是有那女人在，所以因為各種原因而容易遭到攻擊的鍊金術師們才有辦法聚集在一個地區。不過至於真相如何，當然只有城裡的貴族和公會的長老們知道。然後啊……」

馬克喝了一口啤酒接續說：

「只要是這裡的居民，最先都會想到『鍊金術師們應該都有黃鐵礦吧』。不過，如果想在這裡不惹風波、安穩地做生意，就不能和這些人扯上關係。巴托斯先生也是因為和鍊金術師交易，所以很少和其他人做生意。說是很少做生意，其實應該是說做不成生意。如果你不怕將來惹上麻煩，透過巴托斯先生幫你問問那個女人也是個辦法。」

對於突來的話題，羅倫斯一時無法判斷其真假，但是他心想，馬克就是說謊也沒什麼好處。

「視狀況所需，或許值得一試。你不是已經火燒屁股了嗎？」

雖然羅倫斯自覺沒出息，但是他不得不承認出乎意料地被馬克拒絕，使得他的處境變得相當危險。

「你在這裡會來找我幫忙，我真的很高興。但是，我能做的也只有這樣建議你而已。」

「不，你幫了我很大的忙。我差點就錯過這麼大的機會了。」

而且，羅倫斯自身也認為馬克拒絕他的理由一點兒也沒錯。

馬克是城鎮商人，而羅倫斯是旅行商人。當立場不同時，能夠做的事和不能夠做的事當然會有很大的差異。

「拒絕幫你的人還這樣說或許很奇怪……不過，我會祈禱你成功的。」

這回換成是羅倫斯露出了笑容。

「你讓我上了一課。光是這樣，我就算賺到了。」

羅倫斯不帶諷刺意味、別無他意地這麼說。在未來，當羅倫斯與城鎮商人交涉時，他就會懂得也考量到像這次這樣的事情。羅倫斯說他上了一課，並非謊言。

不過，馬克一聽到羅倫斯說的話，便來回撫摸起下巴讓鬍子唰唰作響。

然後，馬克緊緊皺起眉頭一邊看向他處，一邊說：

「我雖然不能大大方方地行動，但如果要我小聲說出別人的荷包裡頭有多少錢，倒是沒什麼不行的。」

看見羅倫斯露出驚訝的表情，馬克閉上眼睛開口說：

「你晚點再過來。我可以告訴你採買得到東西的對象，這點忙我還幫得上。」

「……謝謝。」

看見羅倫斯打從心底真心地說道，馬克像是放棄了什麼似地噗嗤笑了出來。

「看你這個表情啊，我說也難怪那小姑娘會做出這麼大膽的事了。」

「……什麼意思？」

「沒事，商人只要專心思考怎麼做生意就好了。」

雖然羅倫斯很想向笑著說話的馬克問個清楚，但是他的思緒早已飄向了巴托斯和狄安娜。

「總之，好好加油。」

「啊，喔。」

雖然羅倫斯仍然覺得心有疙瘩，但是他心想事不宜遲，還是早點前去交涉的好。

羅倫斯向馬克簡短道謝後，便離開了攤販。

不過，羅倫斯走在路上時一邊想著：或許俗話說旅行商人交不到朋友是錯誤的。

羅倫斯首先直接前往了洋行。

他有兩個目的。一個是為了詢問巴托斯是否持有黃鐵礦的庫存，以及巴托斯是否有其他門路可介紹。另一個是為了拜託巴托斯再次帶他去見狄安娜。

然而，羅倫斯記得巴托斯曾說過，阿瑪堤著手買賣黃鐵礦的手段是不太正派的方法。巴托斯是從礦山地帶搬運寶石或金屬走過險路的旅行商人，或許在他的眼中，黃鐵礦的投機交易是齷齪的行為。

即便如此，即便知道很勉強，羅倫斯還是得去找巴托斯。

羅倫斯無視於持續到深夜、氣氛近似暴動的祭典，一邊穿越小巷子，一邊朝洋行走去。

當羅倫斯總算來到洋行櫛比鱗次的大街上時，他看見各洋行點亮著燈籠，還有大批人群圍成圓圈跳著舞。時而會看見洋行的人手持長劍以不熟練的姿勢互相練武，這或許是祭典延伸出來的宴會活動。

羅倫斯一邊穿越擠滿了人潮的道路，一邊朝羅恩商業公會的建築物走近。他沒有向聚集在敞開著的大門附近、正在喝酒的會員們打招呼，便直接溜進了建築物裡頭。

想要悠哉在建築物裡頭喝酒的傢伙們，以及想要在建築物外頭胡鬧的傢伙們似乎明確區隔了各自的棲息地。在散發出獨特氣味的魚油掛燈照明下，整個大廳瀰漫著柔和的談笑聲。

雖然大廳裡有幾人發現了羅倫斯而投來好奇的目光，但是大部分的人似乎都沉醉在酒宴的愉快氣氛當中。

羅倫斯在這些人當中找到目標人物後，隨即走近那名男子。
男子坐在年齡偏高的商人們聚集的桌子上，在昏暗的燈光籠罩下，他看起來就像個隱者。
那是居伊．巴托斯。
「很抱歉打擾您喝酒。」
羅倫斯比周遭的談笑聲更輕聲地說道，老江湖的商人們似乎當場就看出羅倫斯為了什麼事情而來。
每個人安靜地一邊喝酒，一邊瞥了巴托斯一眼。
被看的巴托斯則是一邊露出溫柔笑容，一邊開口說：
「喲，羅倫斯先生，怎麼了嗎？」
「很抱歉冒昧前來找您，有件事想與您商量。」
「是有關生意的事嗎？」
羅倫斯猶豫了一下後，點了點頭。
「那麼，我們到那邊說話好了。難得的發財機會怎麼可以讓其他人聽見呢？」
同桌的其他商人們笑笑後，彷彿在說「我們自己會喝得開心」似地輕輕舉高酒杯。
羅倫斯輕輕點了一下頭後，便追上往洋行裡面走去的巴托斯。
有別於瀰漫著酒香與談笑聲的大廳，沿著洋行的走廊稍微往裡面走，四周的氣氛就變得像在小巷子裡一樣。兩人轉眼間來到不見光線的地方，而喧嘩聲就像在隔岸觀火似的變得遙遠。

巴托斯在這時停下腳步，轉過身子說：

「是什麼事情呢？」

羅倫斯心想拐彎抹角地說話不會有幫助，於是他單刀直入地說：

「是的。老實說，我想採買黃鐵礦，現在正在尋找誰有大量庫存。我想巴托斯先生一定有門路才是。」

「黃鐵礦？」

「是。」

巴托斯一雙近乎黑色的深藍色眼珠，在泛著黃光的紅色燈光下，看起來就像是灰色眼珠。

而這樣的一雙眼珠正注視著羅倫斯。

「您有門路嗎？」

聽到羅倫斯再次詢問，巴托斯嘆了口氣後，揉著眼角說：

「羅倫斯先生。」

「是。」

「您不記得我告訴您阿瑪堤先生的籌錢線索時，說了什麼嗎？」

羅倫斯立刻點了點頭，他當然記得。

「我不僅記得您說的話，我還記得狄安娜小姐好像不喜歡別人跟她談生意。」

巴托斯的手稍微從眼角拉遠並且停在半空中，他這時才露出了像個商人的眼神。

那是一個投身於嚴酷行商工作的旅行商人，不在乎如何賺更多的錢，只在乎如何平安無事地搬運貨物的眼神。

不知道是不是羅倫斯多心，這樣的眼神感覺像狼一樣。

「您腦筋動到鍊金術師們的庫存上了啊？」

「與您真是好溝通。可是，我聽說如果沒有取得狄安娜小姐的許可，他們就不能做生意。所以，我想請您幫個忙。」

羅倫斯記起自己初成為旅行商人時，為了增加新客戶，在沒有任何門路下，突然造訪對方並強勢進行交涉的那段日子。

巴托斯有些吃驚地睜大眼睛，然後勉強擠出聲音說：

「您知道這麼多，還想要與他們交易，這是因為黃鐵礦真的那麼賺錢嗎？」

「不，不是這樣。」

「那麼……您是為了謠言所傳的那樣，想要得知命運、或是用來治百病？」

巴托斯一副像在討孫子歡心的模樣笑著說道，想必這是巴托斯一流的諷刺方式吧。

即便如此，羅倫斯當然沒有生氣，也沒有感到焦躁。

商人為了自己的利益，就是必須一整晚目不轉睛地盯著緩緩擺動的天秤看，也難不倒他們。

「我是為了自己的利益而行動，我沒打算否定這個事實。」

巴托斯的身體動也不動，他只是瞪大了眼睛看。

如果羅倫斯在這裡吃了巴托斯的閉門羹，極有可能入手黃鐵礦庫存的希望就會消失。

現在的羅倫斯沒有從容到能夠允許這樣的事情發生。

「可是，我不是想從價格像泡沫膨脹般不斷上漲的黃鐵礦交易中賺取利益。我是為了更……更基本的理由。」

巴托斯沒有插嘴說話，羅倫斯當這是巴托斯催促他說下去的信號，於是繼續說：

「巴托斯先生，您畢竟也是個旅行商人，您應該有過不少肩上扛著的貨物差點就掉落谷底的經驗吧？」

巴托斯沉默不語。

「當馬車陷入泥濘裡動彈不得時，我們會把捨棄馬車和拚了命也要從泥濘中拉起馬車這兩件事放在天秤兩端衡量。貨物的商品價值、利益、手頭上的資金、行程、以及請人幫忙時必須支付的酬勞。還有再慌張失措下去，有可能遇上惡徒的危險。我們會考量諸如此類的事情，來判斷是否捨棄貨物。」

巴托斯緩緩開口說：

「您是說您正處在這樣的狀況？」

「是的。」

巴托斯的目光彷彿在視線不佳的道路上，也能夠看出前方有什麼東西似的。

他在同樣的路途往返數十年，為了得知自己在這樣的路途上沒能目睹的事物，所以找狄安娜聆聽古老傳說。

想必在他這樣的目光下，商人的謊言一下子就會被識破吧。

然而，羅倫斯沒有退縮。

因為他沒有說謊。

「我不想捨棄貨物。只要能夠再次把貨物放上貨台，就是有些勉強我也不顧。」

想必巴托斯不可能沒察覺到羅倫斯指的貨物是什麼，而他又處在什麼樣的狀況吧。

即便如此，巴托斯還是緩緩閉上眼睛沉默不語。

應該再說些什麼嗎？還是應該趁勢追擊？

後方傳來大廳裡的談笑聲聽起來像是嘲笑聲。

有限的時間一點一滴流失。

羅倫斯準備開口說話。

然後，他在開口說話的前一刻改變了主意。

羅倫斯想起了師父告訴過他，懇求別人時，等待是不二法門。

「我就是在等這個反應。」

在想起師父說的話那瞬間，巴托斯輕輕笑著說道。

「因為儘管時間再怎麼有限，要是沒有其他路可走，就得乖乖地耐心等待，這才是優秀商人的表現。」

羅倫斯發現自己受到考驗時，感覺到背部頓時湧出了大量冷汗。

「不過，話說回來，我當初和您一樣的時候，態度比您更強硬呢。」

「呃……」

「喔，我手上沒有黃鐵礦的庫存。不過，我想鍊金術師們應該有吧。」

「那麼……」

巴托斯輕輕點點頭說：

「您只要說『我來買裝白羽毛的箱子』就可以了。後續發展得靠您自己努力，請您想辦法好好說服大姊。我想，應該還沒有任何人去採買黃鐵礦。」

「謝謝您。我一定會答謝——」

「只要您能夠分享個古老傳說給我聽就好了。如何？我這樣說有沒有像大姊那樣的威嚴？」

巴托斯露出了像個孩子般的笑容，羅倫斯不禁隨之笑了出來。

「大姊這個人根本不知道她到底什麼時候會睡覺，所以您現在去找她應該沒問題吧。既然要去，就應該早點去；因為時間就是金錢嘛。」

巴托斯一邊說話，一邊指向洋行深處。

「只要走後門，就可以不和任何人打招呼地離開。」

羅倫斯道完謝後，便往走廊深處前進，途中他回頭一看，看見了面帶笑容的巴托斯。

背對著大廳燈光的巴托斯身影似乎有那麼一點像師父。

走出洋行後，一路朝北邊跑去，過了沒多久後便碰上了石牆。

因為沒有幸運地正好碰上石牆入口，所以羅倫斯沿著牆面跑步，最後終於找到入口，用力撬開開關不良的大門溜了進去。

四周當然沒有光線。但跑著跑著，眼睛也就習慣了黑暗。而且，對一個經常野營的旅行商人來說，一點黑暗根本算不了什麼。

只是，在黑夜之中，忽然從傾斜的木門縫兒漏出的燈光，或者是不知從何方傳來的貓叫聲和鳥兒振翅聲都讓人毛骨悚然，那程度遠遠超出白天的感覺。

只要是去過一次的地方，無論從什麼方位出發都能夠找到位置；如果不是擁有這項旅行商人的獨特能力，說不定羅倫斯會因為迷路而害怕地逃跑。

總算來到狄安娜的家門口時，老實說真的鬆了口氣。

那感覺就像在氣氛詭譎的森林裡，來到熟識的樵夫住家前時，會有的安心感。

然而，在眼前這扇門的另一頭，並非住著願意無條件歡迎自己來訪的熟識友人。

雖然從巴托斯那兒要到了暗號，但一想起與狄安娜有過的互動，就覺得她好像真的很討厭談到生意。

有辦法順利採買到黃鐵礦嗎？

不安的感覺一點一滴湧上心頭。羅倫斯趕緊做了一次深呼吸，把所有不安感全都往肚子裡面壓下。

一定要採買成功。

因為他未來還想與赫蘿一起旅行。

「有人在家嗎？」

羅倫斯輕輕敲門後，刻意壓低聲音說道。

人們保持沉默時的安靜感，以及沒有任何人時的安靜感是不同性質的感覺。

在空氣中彌漫著前者的安靜感時，總是會令人避諱發出聲音。

然而，大門另一頭卻是毫無反應。

因為看得到光線從大門縫隙漏出，所以狄安娜應該在家才是，她有可能是睡著了。

雖然按照城裡的規定，就寢後沒有熄火的居民會受到嚴格處罰，但應該沒有人會那麼大膽地跑到這裡來巡邏吧。

羅倫斯舉高手正打算再敲一次門時，發現屋內似乎有了動靜。

「哪位？」

傳來了帶點睡意、顯得慵懶的聲音。

「很抱歉這麼晚還前來打擾，我是昨天與巴托斯先生一同前來拜訪的羅倫斯。」

羅倫斯道出姓名後，隔了一下子才傳來衣服摩擦的聲音，跟著大門緩緩打開。

大門一打開，光線便隨之流洩而出，狄安娜家中的空氣也跟著滲透出來。

狄安娜的眼神看起來像是不悅，也像是帶著睡意。

她和昨天羅倫斯前來拜訪時一樣是長袍的裝扮。因為狄安娜曾經是修道女，相信她全年不分早晚應該都是這身裝扮，所以羅倫斯根本無法判斷她方才是否在睡覺。

先不說狄安娜方才是否在睡覺，夜裡前來拜訪獨居女性住家本來就是極度不禮貌的行為。雖然羅倫斯也明白自己的失禮，但是他不畏縮地開口說：

「我知道這非常失禮，但是我不得不來找您。」

羅倫斯繼續說：

「我來買裝白羽毛的箱子。」

羅倫斯一說出巴托斯告訴他的暗號，狄安娜便瞬間眯起眼睛，然後她沉默地讓開身子，以手勢催促羅倫斯進入屋內。

沒有硫磺味的狄安娜家中顯得比昨天更加髒亂。

書櫃上保有些微條理的書本也幾乎全數取下，其中有一半的書本呈現翻開狀態，就這麼散亂地朝著天花板。

而且，還有數量更多的巨大白羽毛筆散落一地。

幾乎全新的美麗白羽毛筆散落一地的景象所散發出的氣氛，甚至讓人覺得恐怖。

「竟然在一天當中有好幾個客人來訪，這太稀奇了。祭典果然會招來人氣。」

在如此雜亂的環境之中，同樣沒有請羅倫斯入座，而是只有自己坐上椅子的狄安娜自言自語地說道。

羅倫斯正準備坐上沒有堆放物品的椅子時，突然察覺有異。

連續有好幾個客人來訪？

這也就表示在羅倫斯來訪之前，已經有人來過了。

「那麼，來買裝白羽毛的箱子這句話應該是巴托斯先生告訴您的吧？」

原本不安地想著先前的訪客是為了何事而來的羅倫斯聽了，回過神來點點頭說：

「是、是的，是我硬求他讓我與狄安娜小姐見面……」

「喲，是嗎？他不是那種被強硬要求，就會答應的人吧。」

看到狄安娜開心地笑著這麼說，羅倫斯便無法再多說什麼。

雖然本質不同，但是與狄安娜說話讓羅倫斯感覺就像在應付赫蘿一樣。

「是什麼生意讓您不惜費心說服那個老頑固，也要做呢？」

有各式各樣立場的人因各式各樣的理由，渴望得到鍊金術師們提煉的藥物或擁有的技術。

狄安娜的存在肯定就像是用來防止這般慾望氾濫的防波堤。

雖然羅倫斯不知道狄安娜這麼做的理由，但是在他眼中，一坐上椅子便直直注視著羅倫斯的狄安娜，就像一隻以鐵羽毛保護著鳥蛋的巨鳥。

「我希望您能夠讓我採買黃鐵礦。」

雖然就快被狄安娜的氣勢給壓倒，但羅倫斯依然做出回答。

狄安娜用她白皙的手摸著臉頰說：

「聽說價格高漲呢。」

「可是——」

「我當然明白巴托斯先生不會為了單純的賺錢生意鼎力相助，應該是有什麼原因吧？」

一切都被狄安娜搶先一步的感覺。狄安娜的反應總是快了羅倫斯一步，而狄安娜也企圖炫耀她的優勢。

即便如此，羅倫斯告訴自己不能生氣。狄安娜一定是在考驗他。

羅倫斯點點頭回答說：

「不是為了生意，而是為了一決勝負，所以需要黃鐵礦。」

狄安娜輕輕笑笑後，瞇起眼睛詢問：

「與誰一決勝負？」

「是……」

羅倫斯猶豫著該不該說出阿瑪堤，但並非因為他覺得說出阿瑪堤的名字有什麼不妥。

羅倫斯是在思考與自己一決勝負的對象真的是阿瑪堤嗎？

阿瑪堤只不過是設在城外的護城河，城裡還有必須攻下的對象。

羅倫斯說了句「不」，再次把視線移向狄安娜說：

「是裝載貨物。」

「裝載貨物？」

「無論在什麼時候，旅行商人的敵人永遠都是裝載貨物。估計裝載貨物的價值，深思熟慮如何運送，再仔細酌量應該運送給什麼對象。要是當中一個環節判斷錯誤，旅行商人就輸了。現在的我正努力地想把快從貨台上掉落的裝載貨物放回去。因為我再次酌量了裝載貨物的價值、運送方法以及運送對象後，得到的結論是絕對不能讓這裝載貨物從貨台上掉落。」

狄安娜的瀏海被吹動了，這讓羅倫斯以為有一陣風吹過。

然而那不是風，而是狄安娜呼出的氣。

狄安娜輕輕笑笑後，從腳邊撿起一支羽毛筆。

「『購買裝白羽毛的箱子』只是言過其實的暗號，其實真正的意思是只要能夠讓我感受到一點樂趣就行了。鳥兒高興地拍動翅膀時，不是都會掉落羽毛嗎？而且，我事先授予暗號的人也會幫我篩選訪客，所以我只是觀察訪客一些細微的地方而已。我想應該沒問題吧，就破例讓您採買黃鐵礦。」

羅倫斯聽了，不由得從椅子上站起身子說：

「謝謝——」

「可是——」

狄安娜從旁插嘴說道，一股不好的預感再次湧上羅倫斯的心頭。

一天來了好幾人的訪客、沒有堆放物品的椅子——

羅倫斯的腦海裡浮現了「該不會是？」的黑色文字。

狄安娜的臉化為一副非常過意不去的表情說：

「已經有人來採買過了。」

羅倫斯的不安成了事實。

他說出身為商人理所當然會說的話語。

「買多少數量？多少錢賣出？」

「請您冷靜。那位客人是用賒購的，並沒有帶走現貨。說穿了，就跟訂購沒兩樣。就我個人來說，我是覺得把東西讓給羅倫斯先生也無妨。所以，先讓我和那位客人交涉看看吧。另外，我記得以今天的行情來計算，採買數量約價值一萬六千伊雷多。」

換成崔尼銀幣是四百枚。只要能夠取得這數量，羅倫斯的計畫可說往前邁進了一大步。

「我明白了。那個，那位客人的名字是？」

萬一狄安娜說出阿瑪堤的名字，羅倫斯的挽救對策將會被打了個粉碎。

然而，狄安娜輕輕搖搖頭，以沉穩的語調說：

「由我來負責與對方交涉。為了安全起見，我們不會讓與鍊金術師們交易的人知道彼此的對手是誰。」

「可、可是……」

「有什麼不滿嗎？」

不帶笑意的笑容。

站在求人立場的羅倫斯只能夠保持沉默。

「您說是勝負，就表示事情並不尋常，所以我會盡全力幫忙，並儘早告訴您交涉結果。明天在哪裡一定找得到您呢？」

「啊，呃……市場裡，礦石商人的攤販前面。在市場開放時間的前後，我應該會一直在那裡。或者是麻煩您聯絡小麥商人馬克，他的攤販位置是……」

「我知道位置。我明白了，我會儘早派人通知您。」

「拜託您了。」

羅倫斯不能多說什麼，只好這麼說。

然而，視交涉結果不同，羅倫斯有可能採買不到黃鐵礦。如果當真採買不到，將會帶來無法挽救的致命結果。

即便如此，羅倫斯能說的話還是有限。

「我不會吝嗇花大錢。請您告訴對方，只要不是提出兩倍行情價那樣無理的要求，我願意出相當高價買下。」

狄安娜面帶笑容點點頭後，從椅子上站了起來。

羅倫斯明白是自己該告辭的時候。他心想，在這個時間突然不請自來，卻沒有吃閉門羹已算是奇蹟了吧。

「很抱歉這麼晚還不請自來。」

「不會，我的生活不分晝夜。」

羅倫斯不覺得狄安娜是在開玩笑，這反而讓他輕鬆笑了出來。

「而且，只要您能夠帶來有趣的故事，就是待上一整晚當然也無所謂。」

雖然狄安娜的話聽起來像是帶著誘惑的感覺，但想必這是她的真心話吧。

只是，羅倫斯早已說了他所知道的有趣故事。

取而代之地，羅倫斯腦中忽然閃過一件想詢問看看的事情。

「怎麼了嗎？」

腦中突然閃過的這個念頭使得羅倫斯驚訝地停下腳步。

他急忙回答狄安娜一句「沒什麼」後，便朝大門走去。

從腦中閃過的問題荒腔走板得讓人驚訝。

「離開女性住家的時候，做出如此故弄玄虛的舉動，小心遭到天譴喔。」

狄安娜再次投來的話語就像個愛惡作劇的少女一樣。看到開心笑著的狄安娜，羅倫斯不禁覺得不管提出什麼問題，她應該都會認真回答。

而且，這個問題應該也只有狄安娜能夠回答吧。

羅倫斯一邊把手伸向大門，一邊轉向身後說：

「有一個問題想請教您。」

「請儘管問。」

聽到狄安娜爽快的回答，羅倫斯咳了一聲後，說出了他的問題：

「異教眾神和人類……呃，有成為一對的傳說嗎？」

如果被狄安娜詢問為何要提出這個問題，羅倫斯一定會當場回答不出話來。

即便如此，羅倫斯仍然不顧危險地想要詢問。

赫蘿哭著說她變成孤單一人時，曾說過只要生了孩子，就會是兩個人。

如果說這是有可能發生的事，羅倫斯想要傳達給赫蘿知道，好讓她懷抱個希望。

狄安娜聽了這個太過沒頭沒腦的問題後，顯得有些意外的樣子。不過，她立刻恢復了正經的表情。

然後緩緩回答：

「有很多呢。」

「真的嗎？」

羅倫斯不禁揚聲問道。

「好比說——啊，您趕時間吧？」

「啊、是、是的。可是，下次……可以請您詳細說給我聽嗎？」

「當然。」

幸好狄安娜沒有詢問為何要提出這個問題。
羅倫斯多次鄭重地道謝後，便準備離開狄安娜住家。
就在大門即將關上的那一刻，狄安娜似乎簡短地輕聲說：
「加油。」
羅倫斯準備反問時，大門已經關上了。
狄安娜是否知道羅倫斯與阿瑪堤的攻防戰呢？
雖然羅倫斯覺得好像有什麼地方不對勁，但是他沒有時間再多想了。
他接下來必須回到馬克的攤販，然後再前往拜訪其他可能持有大量黃鐵礦的人。
羅倫斯不僅沒有時間，更慘的是他手上可說幾乎沒有黃鐵礦。
再這樣下去，根本不成勝負，就只能乞求上天幫忙而已。
羅倫斯心想：就算勉強馬克，也要叫他說出可能持有黃鐵礦的人；然後就算多給一些好處，也要採買到黃鐵礦。
只是，在夜街上拚命地奔走，是否就能夠接近赫蘿一些呢？羅倫斯如此自問時，腦中卻只浮現令人不安的答案。

羅倫斯回到馬克的攤販後，發現馬克坐在和方才同一張桌子上喝酒，而他身邊的小伙子正咬著麵包。

就在羅倫斯想著「這時間用餐的情況還真少見」時，馬克發現羅倫斯到來，便投了視線和話語過來：

「結果怎樣？」

「你看我這樣也知道吧。」

羅倫斯輕輕揮動雙手後，直直看著馬克的眼睛說：

「我向狄安娜小姐提了。但是，有人搶先了一步，我不知道結果會怎樣。」

「有人搶先？」

「所以，我只能把希望放在你告訴我的事情上面。」

因為狄安娜表示願意協助，所以羅倫斯推測能夠到手的可能性有七成。

不過，他覺得在馬克面前表現得像是無後路可退的模樣，應該會更具效果。

在與馬克先前的談話當中，羅倫斯已得知對城鎮商人而言，他的請求是個無理的要求。

既然這樣，就只能訴諸於情。

然而，馬克聽了羅倫斯的話後，卻遲遲沒有做出反應。

「喔……關於那件事啊。」

然後，馬克口中說出這樣的話，這讓羅倫斯清楚聽見了體內的血液迅速退去的聲音。

不過，馬克立刻敲了一下口中咬著麵包的小伙子的頭，然後頂起下巴說：

「快報告結果！」

被敲了一下頭的小伙子急忙吞下麵包，然後從砍樹後剩下的殘幹做成的椅子上站起來說：

「如果是以崔尼銀幣付現，價值三百七十枚的……呃……黃──」

「你是要讓所有人都聽見啊！就是這麼回事。」

馬克一邊用他厚實的手掌摀住小伙子的嘴巴，一邊迅速環視四周一遍，如果這話題不小心被四周的人聽見，想必馬克會很傷腦筋吧。

只是，羅倫斯不禁一臉茫然。

以崔尼銀幣付款？價值三百七十枚？

「哈哈。看到你這個表情，連我都不免高興了起來。是這樣子的，你走了之後呢，我試著想了一下。」

馬克從小伙子的嘴邊挪開手，並直接伸向倒了酒的酒杯，然後開心地說道：

「連我都會為了保護名譽而不能幫你忙了，我想其他傢伙也一樣。可是，我自己也基於賺點小外快的想法而買了那商品，其他傢伙當然也會跟我一樣。可是呢，我之所以能夠控制在只是小家子氣地賺點外快，那是因為我手頭沒有現金。照理說，因為採買回程貨物的傢伙們都沒來買麥子，所以麥子行情是下跌的。行情明明下跌，但是前來兜售麥子的傢伙卻會毫不猶豫地來兜售，所以我手頭的現金才都付光了。既然這樣……」

馬克咕嘟咕嘟地喝下酒，看似舒服地打了嗝，同時繼續說：

「既然這樣，手頭有現金的傢伙會怎麼做呢？我怎麼也不認為他們有辦法忍住不出手。想必他們一定在暗地裡，偷偷地大量搜購吧。不過，這就要提到我告訴你不能幫你忙的理由了。這些人都不是獨來獨往的旅行商人。他們是各有立場、背負商店名譽的商人。他們買到商品固然開心，但因為價格漲得太高，這會兒頭痛著想脫手卻脫不了手。就算只是賣出些許數量，也會帶來驚人的利益。如果是特別神經質的人，想必會更加在意吧。接下來是什麼樣的狀況，我想聰明的你應該猜得到吧？」

馬克在最後丟出這樣的問句。羅倫斯隔了一會兒後，才點了點頭。

馬克一定是讓小伙子到處跑腿，然後要他散佈消息。

有個想賺錢想瘋了的旅行商人說願意用現金採買黃鐵礦，您覺得如何？不如趁現在把價格漲得太高、想脫手卻脫不了手的黃鐵礦處理掉吧？

聽到這番建議的人一定會認為這正是一場及時雨。

當然了，馬克肯定與這些人簽訂了暗地裡用現金換取黃鐵礦時，酌收手續費的合約。

以施予恩惠給對方的形式換取黃鐵礦，可說是絕佳妙計。

不過，利用這個妙計竟能買到價值三百七十枚銀幣的數量，這表示市場上存在著相當大的賣出壓力。

「就是這麼回事。只要你願意，我馬上叫小伙子去跑腿。」

羅倫斯沒有理由拒絕。

他立刻解開背在肩上的麻袋。

「可是……」

羅倫斯忽然停下手中的動作。

馬克以訝異的眼光看向羅倫斯。

羅倫斯回過神來，連忙從麻袋裡取出裝有銀幣的袋子擱在桌上。

然後，他喃喃說：

「抱歉。」

馬克聽了，一副受不了羅倫斯似的表情嘆了口氣說：

「這時候應該要道謝吧。」

「咦？啊，對喔。抱……不對。」

羅倫斯覺得自己像是在和赫蘿說話一樣，他再次開口說：

「謝謝。」

「咯哈哈哈哈，沒想到你這傢伙原來這麼有趣。嗯？不對。」

馬克從羅倫斯手中收下裝有銀幣的袋子，他先親眼確認後，才解開繩子交給小伙子。小伙子動作敏捷地堆高銀幣，開始數起銀幣枚數。

「應該是你變了。」

「……是嗎？」

「嗯。要說你以前是個優秀的商人嘛，倒不如說你是個徹頭徹尾、沒有裡外的商人。你老實說，你從來沒把我當成朋友過吧？」

因為被道中心聲，羅倫斯頓時啞口無言。

然而，馬克卻開心地笑著說：

「現在怎樣呢？在你心中，我仍然只是個交易對象、一個好說話的商人嗎？」

聽到馬克如此直接的詢問，羅倫斯根本不能點頭。

即便如此，羅倫斯卻感覺彷彿身陷不可思議的幻術之中，他抱著這樣的心情搖了搖頭。

「長期過慣了旅行商人生活的人當上城鎮商人後，總無法得心應手的原因就在這裡。不過呢，還有一件事比這更加有趣。」

不知道是因為喝了酒的緣故，還是另有原因，馬克的樣子看起來真的很開心。

儘管繼續說話的馬克把鬍鬚修剪得四四方方的，他的臉看起來卻像顆栗子一樣圓。

「我問你一件事。當你面臨與我訣別的時候，你會這麼拚命地在卡爾梅森四處奔走嗎？」

每天在主人馬克的威勢下過生活的小伙子抬起頭，輪流看向兩人。

羅倫斯覺得不可思議極了。

雖然他已把馬克當成朋友看待，但如果要他老實回答這個問題，他實在無法點頭回應。

「哈哈哈哈。沒關係，我期待將來。不過……」

馬克說到一半突然停頓下來，然後沉穩地說：

「你為了夥伴卻如此拚命。」

羅倫斯聽到的瞬間，感覺到一股灼熱感通過喉嚨，滑進了胃裡。

馬克把視線移向小伙子後，語帶嘲諷意味地說：

「這就是被女人迷得神魂顛倒的男人模樣。不過，樹枝如果不夠柔軟，就無法抵擋強風。」

一人度過一年的歲月還不及兩人度過半年的歲月來得長。

那麼，馬克究竟比羅倫斯年長多少呢？

「你跟我一樣。一定是中了旅行商人的詛咒。」

「詛、咒？」

「因為這個詛咒快被解開了，所以你才會變成這麼有趣的傢伙吧。你不明白嗎？你應該單純是因為幸運，才會跟你的夥伴一起旅行吧？」

駕著貨台上載了麥子的馬車路過村落，赫蘿就偶然地寄宿在貨台的麥子裡。

羅倫斯覺得自己能夠與赫蘿親近，幾乎可算是上天賜與的幸運禮物。

「呼哈哈哈哈，我好像看見剛遇上雅黛兒的自己。你中詛咒了，中了旅行商人的詛咒。」

羅倫斯覺得自己總算是明白了。

他雖然認為赫蘿的存在很重要，但卻總是讓自己冷靜地與赫蘿保持著距離。

而且，因為這樣的緣故，反而使得羅倫斯也沒察覺到自己為了赫蘿，變得多麼看不清四周的一切。

這狀況太不協調了。

羅倫斯總算察覺到了原因。

「你說的詛咒是……那個很出名的『旅行商人的抱怨』吧？」

馬克笑得更帶勁了。他敲了一下停止手中動作的小伙子的頭說：

「詩人說金錢買不到愛，傳教士說這世上存在著比金錢更重要的東西。既然這樣，為什麼連賺錢都這麼辛苦了，我們仍然能夠得到比金錢更重要的東西呢？」

當羅倫斯想到對他而言，赫蘿是什麼存在時，他之所以會稍微陷入了思考，是因為赫蘿就像理所當然似的在他身邊。

如果是費盡千辛萬苦，好不容易才到手的東西，想必羅倫斯就不會感到疑惑了吧。

而且，羅倫斯一直以為所謂重要的東西，都非得這麼辛苦才能到手。

『咱是汝的什麼人啊？』羅倫斯覺得現在的他能夠回答這個問題。

「嗯，我好久沒說出這樣感人的話了。加上幫你收集北方地區的情報，只收你十盧米歐尼好像太便宜了。」

「如果你這些話是現學現賣的，這根本是暴利啊。」

聽到羅倫斯不甘心地這麼說，馬克咧嘴露出牙齒沒出聲地笑笑，羅倫斯也隨之笑笑。

「你的計畫能夠成功就好了。」

羅倫斯點了點頭，他此刻的心情彷彿不見一片雲朵的夜空般清澈。

「不過，反正不管誰贏誰輸，最後還是得看你的表現……」

「咦？」

「沒事。」

馬克搖搖頭說道。他朝著點完銀幣數量的小伙子發出指示，小伙子便像個忠實的模範僕人般身手俐落地開始準備。不到幾秒鐘的時間，小伙子便已準備好出門了。

「好！去吧。」

馬克如此送出小伙子後，便回過頭看向羅倫斯說：

「那，你今晚要睡哪？」

「還沒決定。」

「既然這樣……」

「不，我決定了。今天可以讓我睡在這裡嗎？」

馬克一臉愕然反問說：

「睡這裡？」

「嗯。這裡有裝麥子的麻袋吧？借我。」

「你要多少我當然都可以借你，可是……來我家吧，我不會跟你收錢的。」

「這樣或許可以帶來好運。」

很多旅行商人都會這麼做。

馬克聽了，似乎也放棄了繼續邀約。

「那，明天凌晨在這裡見囉。」

羅倫斯點頭回應後，馬克舉起酒杯說：

「要不要乾杯祈禱願望實現？」

羅倫斯當然沒理由拒絕。

第五幕

羅倫斯打了個大噴嚏。

獨自旅行時當然無所謂，但羅倫斯這段時間都是與囉唆的傲慢傢伙一起旅行，所以他一直注意著。結果，還是不小心大聲打了噴嚏。

羅倫斯慌張地想要查看與他同睡一床棉被的旅伴有沒有醒來時，感覺到今天特別冷。

後來，他總算發現自己是獨自一人睡在馬克的攤販旁。

「……」

雖然羅倫斯是早有覺悟，所以刻意選擇獨自入睡；但一醒來依然感受到莫大的失落感。

醒來時總有人陪在身邊。

這種事總是能夠很快地適應。然而，一旦失去後，才發現其價值之大。

羅倫斯決定不再戀戀不捨地賴著棉被裡的溫暖感覺，他毅然地站起身子。

一站起身子，冰冷的空氣迅速包圍住羅倫斯全身。

在天色仍顯得昏暗的這個時間，小伙子早已起床在攤販前掃地。

「啊，早安。」

「喔，早。」

小伙子似乎平時就在這個時間起床，並著手準備開店，他的樣子不像因為羅倫斯這位主人的朋友在身旁才刻意表現。小伙子隨意地與走過攤販前面的少年們打招呼。

他是個表現可圈可點的徒弟。

這應該不是馬克教育得好，而是小伙子本來就相當優秀吧。

「對了。」

聽到羅倫斯如此搭腔，小伙子機靈地回過頭來。

「馬克有交代今天要做什麼嗎？」

「沒有，主人沒有交代……那個，是要幫忙您把無義之徒推進陷阱嗎？」

小伙子的表情一變，並壓低聲音誇張地說道。羅倫斯聽了，不禁霎時感到吃驚。不過，他立刻拿出商人本領，迅速露出事態嚴重的表情點點頭說：

「我不能告訴你詳情，但差不多是這麼回事。說不定要拜託你負責其中困難的工作。」

小伙子像是把麥草綁成的掃把當成長劍似地貼在腰際，嚥下口水。

看著小伙子的模樣，羅倫斯確信了一件事情。

那就是小伙子雖然善盡職責地做著麥子店的跑腿工作，但其實他的內心仍留有對騎士或傭兵的憧憬。

像無義之徒這般辭彙，只會在故事裡頭出現。

像是看見了從前的自己似的，羅倫斯不禁覺得心頭一陣搔癢難耐。

「你叫什麼名字？」

「咦？啊，呃……」

當商人詢問對方的姓名時，就表示認同對方能夠獨當一面。

小伙子應該從沒被詢問過姓名吧。

雖然羅倫斯從小伙子的慌張模樣就能猜出這個事實，但他心想小伙子果然很優秀。

因為小伙子立刻以穩重的口吻回答說：

「蘭德。我是艾吾・蘭德。」

「你出生於比這裡更北的地方嗎？」

「是的，我是從被雪和霜凍結的村落來的。」

羅倫斯當下就明白了小伙子會這麼形容，並非這樣比較容易傳達村落的模樣；而是他最後回眸一看的村落就是這般景象。

這就是所謂的北方。

「原來如此。蘭德，今天就拜託你了。」

看見羅倫斯伸出右手，蘭德急忙用衣服擦了擦手掌心後，握住羅倫斯的手。

雖然蘭德的手掌心長滿了繭、觸感硬實，但仍是一雙未來有可能握住任何美好前程的手。

豈能輸給他呢。

羅倫斯一邊這麼想，一邊鬆開手說：

「那麼，我想先填飽肚子。這時間有什麼地方開始賣吃的了嗎？」

「有攤販專門賣乾燥麵包給旅人們吃，需要我幫您買回來嗎？」

「那就拜託你好了。」

羅倫斯說罷，取出兩枚像銅幣一樣黑的伊雷多銀幣交給了蘭德。

「那個，只要一枚就可以買到很多了。」

「另一枚是預付酬勞。你放心，我當然會另外支付正式的酬勞。」

看著一臉愕然的蘭德，羅倫斯一邊笑笑，一邊補充說：

「再拖拖拉拉的，等會兒馬克就來了喔。他會說吃什麼早餐太浪費了，對吧？」

蘭德聽了，急忙點點頭跑了出去。

羅倫斯目送蘭德的背影離去後，便把視線移向對街攤販與攤販之間的通道。

「你別寵壞我們家的小子啊。」

「那你出聲阻止不就好了。」

馬克從貨物之間的空隙裡走了出來，他扭曲著一副很無趣的表情，並夾雜著嘆息聲說：

「畢竟最近天氣這麼冷。萬一讓他餓肚子害他感冒了，傷腦筋的人是我。」

從這話裡，可以聽出馬克其實是挺疼愛蘭德的。

不過，讓蘭德吃早餐並非純粹出於親切心，而是因為在羅倫斯的計畫中，他確實是極重要的角色。

商人並非教會的聖職者。當商人採取行動時，一定有其他的企圖。

「今天應該也會是個好天氣，生意會很好喔。」

羅倫斯點頭回應馬克，然後深呼吸一口氣。

清晨的冰冷空氣感覺舒服極了。

而且，呼出空氣時，一切多餘的思緒也隨之呼出。

接下來只須想著如何讓計畫成功。

等到成功之後，再來猶豫或思考都還來得及。

「那麼，先填飽肚子吧！」

羅倫斯一邊看著蘭德氣喘吁吁地跑回來，一邊提起勁地說道。

這裡瀰漫的氣氛完全不同。

羅倫斯來了之後，最先產生這樣的感受。

乍看下彷彿湖面般平靜，但是伸手一探，卻發現像滾水一樣燙手。

打從黎明到來、旭日東升後，唯獨這裡的一角有著異樣的人潮密集度，每個人的視線都投向同一家攤販。

那是卡梅爾森裡唯一專門買賣礦石的攤販。每個人的目光都是集中於擺在攤販前方、臨時做好的價格板上。

價格板上一行行寫著黃鐵礦的形狀與重量，每行旁邊掛了寫著價格與等候買入人數的木牌。

雖然價格板上也沒忘了空出等候賣出的欄位，但那欄位應該沒機會掛上木牌吧。

「平均價格是……八百伊雷多啊。」

這金額是原有價格的八十倍左右。

只能說這價格太誇張了。但是，這道理就像沒有人能夠讓發狂的馬兒安靜下來一樣，想要抑制價格的上漲談何容易。

面對能夠不勞而獲的好機會，人們的理性就跟用泥土做成的繩索沒兩樣，根本沒辦法駕馭得了馬兒。

雖然距離市場開放的鐘聲響起仍有一段時間，但大家都默認事先的交易。因此，在羅倫斯來到攤販前之後，仍不時看到有商人走近攤販在老闆耳邊竊竊私語，等累積到一定數量後，老闆便緩慢地一一更換價格板上的木牌。

老闆之所以沒有當下更換價位木牌，想必是為了不讓大家知道是誰用了多少錢、買下哪種黃鐵礦吧。

不管老闆的用意為何，等候買入的人數依然不減反增。

就在羅倫斯暗自計算起所有等候買入的金額時，他的視線角落閃過了一個人影。

他往那方向一看，發現了阿瑪堤的身影。

雖然昨晚是羅倫斯先發現了阿瑪堤，但阿瑪堤同樣是不會漏看任何賺錢機會的商人，他的目光似乎與羅倫斯一樣地犀利。當羅倫斯看向他時，就彷彿聽見了移動視線的聲音般，他也看向了羅倫斯。

以兩人的關係來說，沒必要熱情地互打招呼。

只是，羅倫斯與阿瑪堤約好在市場開放的鐘聲響起後收取現金，所以羅倫斯也不便表現得太冷淡。

就在這些思緒瞬間浮現羅倫斯的腦海時，阿瑪堤先露出笑容並輕輕點點頭。

羅倫斯還來不及驚訝，便立刻發現了阿瑪堤會如此表現的原因。

因為赫蘿就在他的身邊。

不知怎地，赫蘿沒有打扮成城市女孩的模樣，而是一身修女的裝扮。她在長袍上別了三根純白色大羽毛，即使在遠處也能夠清楚看見。

赫蘿的視線一直朝向攤販，絲毫沒有看向羅倫斯的打算。

看著阿瑪堤的笑臉，羅倫斯不禁感到腹部深處微微發熱。

然而，當羅倫斯看見阿瑪堤在赫蘿耳邊竊竊私語後，穿過並肩而坐的商人們朝著這方走來時，他佯裝平靜的模樣，就彷彿內心那般感受根本不存在似的。

只要對方不是赫蘿，羅倫斯有自信他的偽裝不會輕易地被識破。

「早安，羅倫斯先生。」

「早安。」

在以笑臉打招呼的阿瑪堤面前，羅倫斯費了不少功夫才佯裝出完全平靜的模樣。

「因為市場的鐘聲一響起，人潮就會一窩蜂地出現，所以我想早點把這個交給您。」

說著，阿瑪堤從懷裡取出一只麻袋。

那麻袋就像腰包一樣小巧。

「這是？」

一心以為阿瑪堤是前來支付銀幣的羅倫斯不由得反問。

他心想，用這只麻袋裝三百枚銀幣未免也太小了。

「這是約好要給您的東西。」

然而，阿瑪堤仍這麼說。雖然羅倫斯覺得可疑，但也只能收下阿瑪堤遞出的麻袋。

然後，羅倫斯解開收下的麻袋口一看，不禁瞪大了眼睛。

「這樣或許有些多管閒事，但我想您帶著三百枚銀幣走動也不方便，所以決定以利馬金幣付款給您。」

麻袋裡確實裝了金幣，究竟阿瑪堤是在哪裡，又如何兌換來的呢？

雖然利馬金幣的價值不如盧米歐尼金幣，但在卡梅爾森所屬的國家——普羅亞尼，利馬金幣是大量流通於西邊沿岸地區的金幣，行情應該在二十枚崔尼銀幣上下。

話說回來，阿瑪堤在這個陷入貨幣不足的時期裡兌換金幣，想必也支付了不少的手續費。

他會故意這麼做，一定是為了告訴羅倫斯他的手頭十分寬裕，讓羅倫斯的內心產生動搖。

阿瑪堤會帶著赫蘿行動，肯定就是為了讓羅倫斯的注意力轉移到這方面來。

因為羅倫斯不由得瞪大了眼睛，所以根本無法掩飾內心的動搖。

「我以今天的最新行情準備了款項，一共十四枚利馬金幣。」

「……明白了，確實收到。」

「您不用點金幣的數量嗎？」

照羅倫斯的本意來說，此刻的他應該從容不迫地說出「不用」兩字。然而，儘管他好不容易說出這兩字，卻只是給人在逞強的感覺。

「那麼，可否麻煩您給我三百枚銀幣的合約書？」

甚至連這個步驟，羅倫斯也是被提醒後，才拿出合約書。

羅倫斯完全被阿瑪堤領先了一步。

在完成現金與部分合約書的交換時，也是由阿瑪堤先說出「確實收到」這個必說的台詞。

看著阿瑪堤離去的背影，羅倫斯的腦海裡不斷閃過不好的預感。

在昨天簽訂的合約中，阿瑪堤以現金不足為由而提出三匹馬抵補，或許是他的戰術。

隨時保持手頭有現金是所有商人共通的基本觀念。

而且，在天未亮之前，阿瑪堤有可能也用了像羅倫斯等人的方法搜購了黃鐵礦。

黃鐵礦的庫存越多，價格只需出現微幅上漲，就已足夠。

想起方才收下合約書的阿瑪堤優雅地先鞠躬，再轉過身子的模樣，羅倫斯實在無法認為他只是在虛張聲勢。

阿瑪堤到底持有多少庫存呢？

羅倫斯假裝要揉鼻子，咬住大拇指的指甲。

依羅倫斯當初的預定，過了中午他就可以按著計畫適時賣出一定數量的黃鐵礦，來減緩其價格上漲。

是否該提早行動呢？這樣的念頭閃過羅倫斯的腦海。

然而，狄安娜的手下依然沒有出現。

在無法確定是否調度得到大量庫存前，羅倫斯就算想採取行動也難。

雖然羅倫斯可以在得知調度結果之前，先拿著阿瑪堤支付的金幣另外採買黃鐵礦，但萬一狄安娜交涉成功，羅倫斯因此取得價值四百枚銀幣的黃鐵礦，那也教羅倫斯傷腦筋。

雖然羅倫斯另有準備支付給狄安娜的銀幣，所以沒有付不出錢來的問題，但這麼一來，會導致他手上持有過多庫存的大問題。

儘管羅倫斯是為了引起黃鐵礦的價格下跌而搜購黃鐵礦，但是他控制著採買黃鐵礦的數量，以避免價格下跌所帶來的虧損造成自身的破產。

如果羅倫斯為了赫蘿，抱著捨身成仁的破產決心阻止阿瑪堤的計畫，或許赫蘿會願意接受他的誠意。

然而，並非誠意被接受就能夠帶來完美結局，羅倫斯在那之後仍得討生活。

名為現實的限制比手上的金幣更加沉重。

礦石商店的價格板再次更新了。

似乎有人買入大量的黃鐵礦，板子上的價格與等候買入的數量大幅地上升。

阿瑪堤持有的黃鐵礦因為這次的價格上漲，會漲到多少價值呢？

羅倫斯這麼一想，不禁感到坐立難安。

然而，無法保持冷靜就輸了。

羅倫斯閉上眼睛，放下咬住指甲的手，緩緩地做了深呼吸。

他心想，剛剛那些想法都是被阿瑪堤所誘導，這是他設下的陷阱。

不管怎麼說，畢竟有赫蘿在為阿瑪堤撐腰。所以只要看出其背後再背後的企圖，應該就不會錯了。

這時，鐘聲掠過羅倫斯頭上。

那是市場開放的信號。

戰鬥正式展開。

在異樣的興奮狀態下，人們似乎反而會守規矩。

儘管大家在鐘聲響起前早已在攤販前面待機，卻仍等到鐘聲響起後，才開始行動。

而且，仔細一看，就能夠看出看似旅人的人、或是農夫們一副做壞事的模樣，鬼鬼祟祟地賣出黃鐵礦。

但是，少量的賣出只不過是促進行情看漲的原因。

在完全沒有賣出的交易下，唯有已經握有庫存的人們才能夠獲得利益。正因為有少量的賣出，並且有人願意再買入這些數量，所以大家才會拚命地守在攤販前面不肯離去。

正因為知道自己也有獲得利益的機會，所以大家才會賴在這裡不走。

從這般連鎖反應看來，果然必須準備相當數量的黃鐵礦才能夠引起價格下跌。

被人潮阻擋視線、忽隱忽現的價格板就像不斷在加熱的行情溫度計，上面的溫度一路攀升。

狄安娜的手下依然沒有出現。

萬一調度失敗了，而且沒能盡早採取行動，將會錯過時機。

帶著慌亂的心情注視著價格板時，站在攤販前面的阿瑪堤身影映入眼簾。

羅倫斯在那瞬間一陣毛骨悚然，不禁想要握緊懷裡的黃鐵礦快跑出去。

然而，萬一這是阿瑪堤動搖人心的戰術，將會帶來慘不忍睹的結果。如果賣出不夠多的數量，只會讓大家更加抱有只要等候買入，就買得到黃鐵礦的期待，而等候買入的數量越多，價格就會越來越上漲。

羅倫斯好不容易克制住想要賣出黃鐵礦的衝動，他祈禱著這只是阿瑪堤動搖人心的戰術。

這時，他忽然發現了一件事。

赫蘿不見了。

羅倫斯四處環視，結果發現赫蘿不知何時移動到了被如此異樣熱氣包圍的人牆外，注視著羅倫斯。

當羅倫斯的視線與赫蘿對上時，她一副不悅的表情瞇起眼睛，跟著轉過身子慢慢走遠。

看著赫蘿遠去，羅倫斯感覺到背脊湧出了大量的汗水。

這一定是赫蘿從旁指點的陷阱。

如果赫蘿從阿瑪堤那兒了解到黃鐵礦的市場狀況，她當然有可能想出陷害羅倫斯的陷阱。如赫蘿般反應靈敏的人，相信就是負責說明的阿瑪堤本身都沒能察覺到的事情，赫蘿一定也能夠輕易察覺。

而且，赫蘿擅長看透人心。在這樣的狀況下，沒有什麼存在強過赫蘿。

羅倫斯一路思考到這裡的瞬間，不禁陷入了眼前所有事物都是用泥土做成的錯覺。他覺得無論雙腳踩在何處，都會深深陷入泥濘之中，無論視線追隨任何人的行動，都會覺得那行動是虛假的。

一切都是赫蘿的策略吧？羅倫斯猜疑地想著。

與狡猾的狼為敵的恐懼感一點一滴地襲上羅倫斯全身。

就算如此，羅倫斯仍然無法捨棄一個希望，那就是赫蘿是因為意氣用事才會這麼做。

假設與猜疑的毒素正逐漸侵入羅倫斯的腦裡。

羅倫斯並非刻意面無表情地注視著價格板，而是他只能這麼做。

黃鐵礦的價格一步一步上漲。

唯一幸運的是，因為黃鐵礦的價格已經過度上漲，所以目前只會上漲微小的幅度。

儘管如此，照這樣持續上漲下去，相信到了中午，漲幅就會輕易達到將近兩成。羅倫斯所掌握的阿瑪堤持有黃鐵礦庫存是八百枚銀幣，如果價格上漲了兩成，再補上四十枚就可以達成一千枚的目標。

如果只是四十枚左右，阿瑪堤想要籌足根本不成問題。到時阿瑪堤勢必會當場拿出所有財產達成契約吧。在那樣的狀況下，羅倫斯所期待的信用販賣恐怕將無法發揮功效。

「狄安娜的手下怎麼還不出現呢？」

彷彿就快融化一切事物似的焦躁感在羅倫斯的肚子裡翻騰，他不由得喃喃說出口。

就算現在開始到處搜購黃鐵礦，又能買到多少數量呢？現在不像昨晚市場已經關閉那樣，根本不知道天亮後價格會上漲或下跌；而是可以一目瞭然、清楚知道黃鐵礦價格會上漲的狀況。

在這樣的狀況下，羅倫斯不認為大家會願意把手上的搖錢樹賣給他。

這麼一想，就表示羅倫斯的計畫果然非得等到狄安娜送來黃鐵礦後，才說得上有可能成功。

然而，再這樣下去，羅倫斯也有可能因為與阿瑪堤簽訂了信用販賣合約，而慘遭極大打擊。

羅倫斯擰著眼角陷入了思考。他自覺一路以來都保持著冷靜，朝計畫目標直直地前進，但現在卻覺得自己像是走進了死胡同。

「不對。」羅倫斯改變了想法。

他心裡是明白計畫為什麼不順利。

黃鐵礦的價格漲跌不過是次要的問題。

在這個問題的背後，羅倫斯抱著對赫蘿感到絕望的想法。

就拿赫蘿一大早就與阿瑪堤一起行動的事實來說，他們有可能不是等到天亮後才會合，而是共度了一晚。

在羅倫斯與阿瑪堤完成信用販賣的交易之後，就算赫蘿再次邀請阿瑪堤前來旅館，也沒什麼好奇怪的。

視狀況而定，說不定赫蘿早已露出耳朵和尾巴，告訴了阿瑪堤她的真實身分。

雖然羅倫斯想告訴自己不可能有這種事，但是他想起赫蘿當初在他面前也是毫不猶豫地就說出真實身分。如果要說那是因為赫蘿看出羅倫斯是個心胸特別寬大的人，這不過是羅倫斯一廂情願的想法。

畢竟阿瑪堤迷戀著赫蘿，相信赫蘿一定能夠判斷可否在他面前說出真實身分。

那麼，假設阿瑪堤接受了赫蘿的真實身分——

阿瑪堤方才露出的笑容鮮明地浮現在羅倫斯的腦海。

赫蘿害怕變成孤單一人。

但是，羅倫斯不知道赫蘿是否只想和他在一起。

當羅倫斯察覺到自己不該思考這個問題的瞬間，他的雙腳站不穩地搖晃了一下。

羅倫斯之所以沒有踉蹌跌倒，不過是偶然罷了。

下一秒鐘響起的呼聲，把羅倫斯拉回了現實世界。

「喔喔……」

羅倫斯隨著聲音傳來的方向看去，發現標示最高值的黃鐵礦價格大幅被更新了。

有人以高額投標。

其他人想必也會受到這個影響陸續跟進吧。

或許羅倫斯已經不可能阻止阿瑪堤達成契約了。

羅倫斯至今仍未收到狄安娜的通知，就表示對方在猶豫該不該賣出；如果黃鐵礦的價格呈現上漲傾向，對方願意賣出的可能性就會越低。

看來或許應該放棄這個可能性，趕緊採取行動才是聰明的決定。

這麼一來，羅倫斯想要讓計畫成功，就等於是在乞求上天賜予奇蹟。

他手上的武器只剩下價值四百枚銀幣的黃鐵礦，以及預定由蘭德散播的謠言。

如此薄弱的武器讓羅倫斯不禁想要自嘲，他不禁懷疑起自己當真想靠謠言的力量達成目標的想法。在昨天，羅倫斯還認為這個想法是憑著確實的經驗想出來、不為人知的秘法。

現在羅倫斯清楚知道自己昨晚的醉意有多麼深。

他不禁悲觀地思考起如何尋找退路。

如果就這樣不採取任何行動，羅倫斯至少能夠從阿瑪堤那兒收到一千枚銀幣，即使扣除信用販賣的虧損，仍會是一筆足夠的收入。

想到這裡的瞬間，雖然沒出息地教人難過，但羅倫斯覺得身體輕盈了許多。

『汝一定在想如果能夠拿到一千枚銀幣，也沒什麼好捨不得的，是唄？』赫蘿過去的指摘確實道中了事實。

羅倫斯記起他懷裡收著狄安娜寄來的信件。

信件上的情報是尋找赫蘿的故鄉——約伊茲的線索。這封信或許不該再由羅倫斯來保管了。

我果然只是一介商人。

羅倫斯一邊尋找赫蘿的身影，一邊這麼想著。

在河口城鎮帕茲歐以及教會城市留賓海根所發生的一切只是一場夢。

當羅倫斯這麼一想，十分不可思議地，這一切就彷彿真的變成了一場夢。

在被熱氣與欲望包圍的人群之中，羅倫斯一邊四處環視，一邊苦笑。因為沒能找到赫蘿的身影，於是他移動到其他位置繼續尋找。

市場開放後已過了一段時間，因為祭典尚未開始進行，所以市場裡不斷湧進人潮。

羅倫斯遲遲沒能找到赫蘿的身影。

就在羅倫斯暗自抱怨著為什麼在這種時候偏偏就是找不到時，突然想起來了。

赫蘿的視線與羅倫斯對上後，她就朝著人牆外的方向走去。

赫蘿是否就那樣去了其他地方？

如果真是這樣，她會去哪裡呢？羅倫斯不禁覺得赫蘿或許是篤定了他會慘敗，所以早早回旅館去了。

想必這是當然的吧。

雖然這個想法沒出息得教羅倫斯自身都難以忍受，但是他卻發現早已贊同這個想法的自己。

好想喝上幾杯。

羅倫斯這麼想著，到了下一秒鐘他不禁短促地叫了一聲：

「咦？」

畢竟是在狹小的範圍裡尋找人，這個存在理所當然早晚會映入眼簾。

當羅倫斯的視線捕捉到阿瑪堤的身影時，發出了驚訝與猜疑的聲音。

阿瑪堤之所以會用右手按住胸前，想必是那裡裝了黃鐵礦及現金吧。

重點不是阿瑪堤的動作，而是臉上浮現焦躁神情的他和羅倫斯一樣慌張不已地四處環視著。

羅倫斯懷疑起這是阿瑪堤的演技。

然而，夾在羅倫斯與阿瑪堤之間的人群奇蹟似地空出了狹小空間，在空出空間的短短幾秒鐘內，阿瑪堤也看見了羅倫斯，同時露出驚訝的表情。

然後，羅倫斯瞥到了阿瑪堤的安心表情。雖然羅倫斯的視線隨即被人群遮蔽，但是他確信自己沒有看錯。

羅倫斯沒轉動的腦袋裡跳出了一個想法。

阿瑪堤是在尋找赫蘿。不僅如此，他因為看見赫蘿不在羅倫斯身邊而感到安心。

羅倫斯感覺到背後被人用肩膀撞了一下。

他回頭一看，發現看似商人的男子正與人熱烈交談著。

就在羅倫斯暗自想著「奇怪了」時，再次感覺到有撞擊力從他的背後傳到胸前來。

這次他總算察覺到了。

撞擊力原來是來自他怦怦鼓動著的心臟。

阿瑪堤露出焦躁神情尋找著赫蘿，甚至還以為赫蘿有可能在羅倫斯身邊。

這就表示阿瑪堤沒有打從心底信任赫蘿。

這麼一來，就表示一定有什麼不安要素。

會是什麼呢？

「該不會是？」

羅倫斯不禁脫口而出。

阿瑪堤會尋找著赫蘿，就表示赫蘿沒有告知要去哪裡。

而且，光是這樣阿瑪堤就顯得慌張不已，這實在讓人無法認為，赫蘿會信任他到願意露出耳朵和尾巴。

羅倫斯不禁想捨棄方才一連串黑暗又沉重的的假設，重新編起一連串通往光明之路的場景。

然而，羅倫斯沒有信心能夠冷靜地判斷這不是他一廂情願的想法。

如此焦急的情緒讓羅倫斯一陣作嘔。

這時，再次傳來了呼聲。

羅倫斯急忙看向攤販，他發現標上異常最高值的等候買入木牌不知何時已經被取下。

也就是說，黃鐵礦以這個最高值被賣出了。

而且，呼聲並非為了這件事而起。

針對各式各樣形狀的黃鐵礦，各自標上最高值的木牌一齊被取下，等候買入的木牌減少了。

這表示有某人賣出了相當大量的黃鐵礦。

羅倫斯吞下近似嘔吐感的焦躁感，拚命尋找阿瑪堤。

阿瑪堤不在攤販前面。

也不在那附近。

羅倫斯在人群之中再次發現了阿瑪堤的身影。

阿瑪堤正以驚訝的眼神注視著攤販。

不是，不是阿瑪堤賣出的。

羅倫斯還來不及為此感到安心，新的等候買入木牌便立刻一一排列在價格板上，呼聲也再次響遍人群之中。

想必在這裡的人們多少都持有一些黃鐵礦庫存，他們觀察著買入與賣出的時機。黃鐵礦的買賣在此刻開始出現了大動靜，這一定讓他們的考量步入了新局面。

也就是，或許現在正是賣出的時機。

只要計畫性地大量賣出黃鐵礦，或許就有可能成功；這個讓羅倫斯幾乎想要放棄的想法重新點燃了希望之光。

「可是……」羅倫斯像隻膽小的兔子般立刻改變了想法。

羅倫斯就連赫蘿是抱著什麼想法、去了什麼地方都猜測不到，更不用說想要輕易地瞭解人心了。抱著如此安逸的想法太危險了。

儘管如此，仍然有希望吧——羅倫斯忍不住思考著。

期待、猜疑、假設以及事實就像四隻爪子拉扯著羅倫斯的想法，讓他的想法變得支離破碎。

如果這時候賢狼赫蘿在身邊，她會如何建言呢？

羅倫斯不禁沒出息地這麼想。

羅倫斯覺得就算赫蘿只是隨便給意見，他也會依赫蘿的一句話做下決定。

這是因為他信任赫蘿。

就在這個瞬間——

「那個……」

聲音傳來的同時，羅倫斯的衣角也被拉了一下。

羅倫斯像被彈開來似地轉過身子，他期待著眼前出現傲慢自大的女孩身影。

然而，站在眼前的是個少年，仔細一看才發現原來是蘭德。

「呃，羅倫斯先生，方便打擾一下嗎？」

因為羅倫斯以相當驚人的速度轉過身子，蘭德似乎顯得有些吃驚，但是他立刻露出一副情勢緊迫的表情。

羅倫斯感到一陣緊張，他環視了四周後，把臉湊近矮他些許的蘭德，並點點頭。

「有位客人來店裡說想要以礦石支付麥子的貨款。」

羅倫斯立刻明白了馬克的意思。他的意思是，如果羅倫斯願意用現金買下，他就接受客人的要求。

「多少金額的量？」

馬克特地派小伙子跑一趟來通知，就表示金額不會太小。

羅倫斯嚥下口水，等待蘭德回答。蘭德開口說：

「兩百五十枚。」

對於這預料外的事態，羅倫斯咬住牙根，強忍住不讓自己叫出聲音。

儘管羅倫斯遭到掌控豐收的狼神捨棄，但是幸運女神卻沒有拋下他。

羅倫斯當場把阿瑪堤交給他的小麻袋塞進蘭德的手中說：

「盡快行動！」

蘭德像個接到密令的特使點點頭後，隨即跑了出去。

黃鐵礦的行情持續波動著。

等候買入木牌上的數字有了劇烈的變化，從這裡可以看出價格不會繼續一路攀升。

一看就知道賣出與買入正在彼此推擠、互相較量。

在目前的這個價格下，認為賣出也無妨的人將會開始賣出手上庫存，而期盼價格再上漲的人則會買入。

羅倫斯時而會看見阿瑪堤的身影在人群的另一頭出現，他心想阿瑪堤一定也在窺探著他的動靜吧。

而且，阿瑪堤之所以沒有立刻賣出黃鐵礦，而是窺探著羅倫斯與攤販的動靜，想必是他仍無法籌足一千枚銀幣的緣故。

「不對。」羅倫斯暗自想著。

或許阿瑪堤早已籌足一千枚銀幣，而他是考慮到在這行情波動的氣氛下，如果賣出手上的黃鐵礦，一個不小心很有可能在全部賣出之前，就引起價格暴跌。

因為阿瑪堤與羅倫斯簽訂了信用販賣的合約，萬一引起價格暴跌，這份合約將會害得阿瑪堤遭受極大虧損。

不僅如此，還有一個重大的事實。

阿瑪堤所持有的價值五百枚銀幣的黃鐵礦並非現貨，而是一張證書。

儘管這是一張可買賣的證書，但是卻得等到今天傍晚才能夠拿取現貨。

在黃鐵礦的行情出現波動，其價格不再是一路攀升，而是有可能轉為跌落的氣氛開始瀰漫之下，如果打算賣出這樣的證書，會得到什麼反應呢？

信用販賣的現金與貨品交易，有著時間上的差距。

在價格有可能下跌的氣氛下，以未來交貨為保證，而要求先支付貨款的信用販賣證書，就像是印有笑臉魔女的鬼牌。

如果行情果真下跌了，最後持有這張鬼牌的人將踏上破產之途。

羅倫斯對於信用販賣抱以期待的遲效性毒素發揮了效果。

阿瑪堤拚命環視四周。

他一定是在尋找赫蘿。

他一定是在尋找猜出羅倫斯的企圖，而向他提出建言的赫蘿。

在眼看風向就要改變的氣氛下，就連攻守局勢都醞釀著大逆轉。

如果羅倫斯沒有在此刻展開攻擊，那等於是讓千載難逢的奇蹟白白溜走。

礦石商人的攤販前人們蜂擁而至，價格板上的木牌不停被更換。

羅倫斯握緊懷裡的黃鐵礦，焦急地等待蘭德會不會在下一刻回來。

從這裡去到馬克的攤販再返回，花不了多少時間。

這時——

「有人買入了！」

這樣的聲音響遍現場。

一定是有人因為興奮過度而叫了出來。

在這個瞬間，就像企圖讓被風煽動而搖晃的船身重新扶穩似的，四周的空氣開始一齊吹向同一方向。

有人買入了大量的黃鐵礦，這是價格將再上漲的預兆。

這樣的期待使得人們原本動搖的情緒恢復了平穩。

蘭德仍未歸來。

隨著時間經過，現場的氣氛逐漸恢復穩定。

然而，趁現在等候買入的人數減少，羅倫斯或許可以大量賣出手上的黃鐵礦來一掃氣氛。

這麼一來，哪怕只是一瞬間，或許能夠讓等候買入的木牌被取下。

在現在這個瞬間，大量賣出的動作應該可以帶來絕大的影響力。

羅倫斯採取了行動。

他穿過人群，從懷裡取出麻袋站上攤販前面的位置。

「我要賣出！」

在所有人的注目之下，羅倫斯在攤販老闆面前丟出麻袋。

老闆和幫手的小伙子瞬間愣了一下後，隨即著手作業。

在即將恢復平靜的湖面丟下石頭的動作帶來了效果。

在測量作業迅速完成後，手上拿著等候買入木牌的小伙子們為了把黃鐵礦交給顧客，而立刻跑離攤販。

羅倫斯立即拿到了應得的代價。

他沒有仔細地查點金額，便握緊現金再次衝進人群之中。

衝進人群之中時，羅倫斯瞥見了阿瑪堤顯得悲痛的臉。

羅倫斯不覺得同情，也不覺得是阿瑪堤活該。

他滿腦子想的都是自己的生意和目的。

羅倫斯將手上的所有黃鐵礦都賣出了，他必須等待補給才能夠趁勝追擊。

蘭德和狄安娜的手下怎麼還不來呢？

如果這時狄安娜送來了價值四百枚的黃鐵礦，行情肯定會出現大逆轉。

這是命運的岔路口。

這時，傳來了聲音。

「羅倫斯先生。」

額頭佈滿汗水的蘭德在人群之間呼喚羅倫斯，羅倫斯立刻跑向蘭德，並收下他遞出的袋子。

袋裡裝的是價值兩百五十枚銀幣的黃鐵礦。

羅倫斯猶豫了。他猶豫著應該前往攤販再次賣出手上的黃鐵礦，還是應該等待狄安娜的手下前來，以做好萬全準備。

這時，羅倫斯不禁臭罵起自己。

不是剛剛才放棄了狄安娜那邊的希望嗎？

交涉時間都拉長了這麼久，這時候還想著狄安娜會如願送來黃鐵礦，這未免想得太美好了。

既然如此，羅倫斯只能在此刻放手一搏。

於是他轉過身子，準備快跑出去。

突然響起的歡呼聲讓羅倫斯停下了腳步。

「喔喔喔喔喔喔喔喔！」

人群遮住了羅倫斯的視線，讓他無法掌握到發生了什麼事情。

然而，在聽到歡呼聲的瞬間，羅倫斯感受到想要尖叫逃跑的商人直覺，告訴他目前發生了最壞的事態。

羅倫斯撥開人群，好不容易來到看得見攤販價格板的位置。

他不禁想要誇獎起自己沒有當場跪倒在地。

價格板上的最高值更新了。

黃鐵礦的價格回穩了。

就在回穩的下一刻，判斷方才的動靜只是一時行情波動的傢伙們似乎全都開始下單採買。

等候買入的木牌以怒濤般的氣勢被掛在最高值的木牌旁邊。

羅倫斯勉強控制住作嘔的感覺，他被迫必須判斷是否要再次賣出手上的黃鐵礦。

或許趁現在行動，還有機會成功。

不，現在應該等待狄安娜的交涉結果才是聰明的決定。

不管怎麼說，狄安娜交涉的數量在昨天的時間點上是價值四百枚銀幣的黃鐵礦，這些數量到了現在有可能已經超過了五百枚的價值。
只要這些數量能夠到手，再加上手上的數量，就能夠再次大量賣出。
當羅倫斯把希望放在如此渺小的可能性上時，看見一改慌張態度，已恢復從容模樣的阿瑪堤朝攤販走去。
阿瑪堤一定是打算賣出黃鐵礦。
不知道他是否打算賣出全部數量。
就算不知道阿瑪堤的計畫，也明顯看得出他是打算把部分黃鐵礦換成現金。相信阿瑪堤自身也察覺到了遲效性的毒素。既然這樣，他應該是打算先處理掉證書部分的黃鐵礦吧。
狄安娜的手下怎麼還不出現？得不到上天的眷顧了嗎？
羅倫斯在心中吶喊。
「請問是羅倫斯先生嗎？」
絕望的羅倫斯以為是自己聽錯了。
「是羅倫斯先生沒錯吧？」
一名身材矮小的人站在羅倫斯的身邊。那人用布料遮住半張以上的臉，只露出一雙眼睛，讓人猜不出是少女、亦或少年。
這人不是蘭德。

這麼一來，就表示這個人是羅倫斯期待已久的人物。

「狄安娜小姐要我傳話給您。」

對方的淡綠色眼珠散發出平靜的光芒，與瀰漫在這裡的異常氣氛完全無緣。

其散發出來的神秘氣息，很難讓人不去猜想他是上天派來的使者。

也就是說，或許奇蹟就在眼前。

「傳話內容是交涉失敗了。」

羅倫斯停頓了一秒鐘。

「咦？」

「狄安娜小姐說對方還是不肯賣，她說很抱歉辜負了您的期待。」

清澈流暢的聲音像在宣告死亡似的做了轉述。

最後的結果竟是如此。

所謂的絕望，並非一開始就沒有希望。

而是渺小的希望在最後被擊潰，才會變成絕望。

羅倫斯無法回答。

狄安娜的手下似乎明白羅倫斯會有如此反應，他什麼也沒多說，便安靜地轉過身子。

羅倫斯不禁把如幻影般消失在人群之中的背影，與在帕茲歐的地下水道時離去的赫蘿身影重疊了。

羅倫斯就像個身上穿著生鏽盔甲的老騎士般把視線移向攤販的價格板。

等候買入的人數已恢復原本的數字，行情再次呈現上漲趨勢。

人們雖然能夠隨著行情趨勢而走，但想要操控行情，就只有神明做得到。

羅倫斯記起了一句商人的名言。

如果幸運能夠持續久一些，商人就成了神明。

不知拿了多少黃鐵礦換取現金，阿瑪堤面帶從容表情從攤販前面回到人牆外圍。

羅倫斯以為阿瑪堤會投來勝利的驕傲目光，但是他卻不曾看向羅倫斯一眼。

這就代表著阿瑪堤的視線前方一定出現了某人。

赫蘿回到了阿瑪堤的身邊。

「羅倫斯先生？」

向羅倫斯搭腔的是蘭德。赫蘿與阿瑪堤交談著，她的視線不曾看向這方。

「喔，抱歉……這次……那個，辛苦你了。」

「咦？不會，不會辛苦……」

「可否幫我轉告馬克？跟他說計畫失敗了。」

羅倫斯一說出口，才發現要承認失敗竟是如此簡單。

即便計畫失敗，但是以商人立場來說，羅倫斯卻得到相當好的結果，這實在非常諷刺。

羅倫斯的手上仍持有黃鐵礦，只要再採買一些補足數量，並在傍晚交給阿瑪堤，然後與方才賣出黃鐵礦而得的貨款相減，想必就會得到有利益產生的計算結果。

不僅如此，羅倫斯還可以從阿瑪堤那兒拿到一千枚銀幣，這簡直可說是發大財的結果。

對一名商人來說，在無預期下發大財無疑是再開心不過的事情，但現在的羅倫斯內心卻感到空虛不已。

蘭德視線在空中遊走一副不知所措的模樣，當羅倫斯準備支付酬勞給他時，他的眼神第一次顯現出自我意志。

「羅倫斯先生。」

蘭德的認真表情讓羅倫斯不禁停下握住幾枚銀幣的手。

「您……您要放棄嗎？」

羅倫斯仍是學徒時，如果想要對師父提出意見，就得抱著挨打的決心。

想必蘭德也抱著如此決心吧。他的左眼瞼顫動著，彷彿害怕著對方不知何時會揮來拳頭。

「主人總是告訴我說商人不可以輕易放棄。」

看見羅倫斯收回遞出銀幣的手，蘭德嚇得縮了一下肩膀。

即便如此，蘭德仍沒有別開視線。

他是認真地在提意見。

「主人總是說，財、財神爺不會眷顧只會祈禱的傢伙，而會眷顧死纏爛打不肯放棄的人。」

對於這番話，羅倫斯沒有異議。

但是，這次他並非為了賺錢。

「羅倫斯先生。」

蘭德的目光直直射向羅倫斯。

羅倫斯瞥了赫蘿一眼後，把視線拉回蘭德。

「我……第一次見面時，就喜歡上赫蘿小姐。可是，主人告訴我……」

總是默默完成被交代工作的小麥商人優秀徒弟，恢復單純少年的表情。

「如果在羅倫斯先生面前說這種話，一定會被痛打一頓。」

蘭德就快哭出來似地說道。羅倫斯輕輕笑笑後，舉高了拳頭。

「嚇……」

蘭德倒抽了一口氣。

羅倫斯用拳頭輕輕碰了一下蘭德的臉頰，然後笑著說：

「沒錯，我是想痛打你一頓，狠狠地打一頓。」

羅倫斯笑著說完後，不禁有種想哭的感覺。

蘭德應該比羅倫斯小上十歲左右。

可是羅倫斯卻覺得自己現在的樣子跟蘭德沒什麼差別。

「可惡。」羅倫斯在心中臭罵自己。

在赫蘿面前，似乎所有人都會變成鼻頭一陣酸楚的少年。

羅倫斯搖搖頭。

死纏爛打不肯放棄的傢伙？

僅管這句話聽來惹人笑，但卻讓羅倫斯感覺到一股惡魔般的魅力，他不禁仰頭看向天空。

這句被小上自己十歲的少年提出的話語，讓羅倫斯腦海裡的假設與猜疑所形成的黑抹抹漩渦消失不見了。

沒錯！

既然都到了這個地步，手上剩下的利益不過是說出戰敗的證據，就算失去這些利益也一點都不可惜。

既然這樣，再一廂情願地思考一切狀況，採取最後一次行動應該也無妨吧。

重要的東西不一定都得費盡千辛萬苦才能到手。

因為馬克才這麼點破羅倫斯沒多久而已。

羅倫斯使出他自傲的記憶力，找出能夠組織想法的材料。

而構成這個想法的主軸就是羅倫斯直到方才都沒有想到的事情。

「死纏爛打不肯放棄的，往往都是一些懷抱著希望觀察事物，讓人無法置信的樂觀傢伙。」

蘭德現在露出與其年齡相稱的表情。這比他起平時總是確實完成被交代的任務、甚至連未被交代的任務也都可能完成的小伙子神態更加可愛。

想必馬克一定像在看待自己的小孩一樣愛護著他。

「商人做生意時會安排計畫、預測未來，然後與事實相對照。這你懂吧？」

即使聽到偏離主題的話題，蘭德仍是乖乖地點點頭。

「賣了那項商品會變成這樣，買了這項商品會變成那樣，像這樣做假設也很重要。」

看見蘭德再次點點頭，羅倫斯湊近他的臉說：

「老實說，『假設』這東西可以隨自己高興愛怎麼構想就怎麼構想。所以，構想得太多，一下子就會迷惘，也會開始覺得每種生意都充滿風險。這時候為了不迷惘，必須讓自己擁有一個指標。這就是商人的唯一必須品。」

少年蘭德稍微露出商人的表情回答：「是。」

「只要是值得信賴的，就是再荒腔走板的假設也會是個指標。」

羅倫斯抬起頭，然後閉上眼睛。

「或許……應該相信吧。」

終幕

價格在一瞬間就發生了暴跌。

雖然分配完所有掛上木牌的等候買入數量後，仍有人追加買入些許數量，但將近一千枚銀幣的賣出引起了更旺盛的賣氣，最後使得上漲趨勢完全逆轉，行情隨之每況愈下。

在最後抽到鬼牌的當然是以最高值等候買入的人們。

就是眼光犀利，一發現羅倫斯與赫蘿的行動，便立刻前來賣出的人也虧損了相當多的金額。

沒有在匯率不差的狀況下轉讓信用採購合約的阿瑪堤，其下場可想而知。

在那之前，看見赫蘿拿著大袋子突然奔向攤販，而伸手想要阻止的阿瑪堤，就那麼一直保持伸出手的姿勢僵住不動。

對阿瑪堤而言，比起手上的證書變成廢紙，赫蘿翻臉像翻書一樣快的事實一定帶來了更大的打擊。

雖然這點讓羅倫斯不禁感到同情，但赫蘿似乎一開始就沒打算屈服於阿瑪堤，她甚至企圖以殘忍的方式與阿瑪堤分手。

赫蘿會這麼做的理由，似乎是因為阿瑪堤說了什麼讓她忍無可忍的話。

雖然羅倫斯因為害怕，而不敢多問阿瑪堤說了什麼話；但是他又覺得應該問問赫蘿，以免自狼耳朵抽動了一下。

「吧。」

赫蘿聽了，用鼻子嘆聲氣後，表情不悅地在胸前交叉雙手。

光是這麼說，果然無法得到赫蘿的原諒。

於是他定下決心，拿出最高的誠意賠罪說：

「在阿瑪堤提出契約時，我決定要這樣或那樣處理，完全是自我陶醉的想法。對吧？」

羅倫斯當時因為胃部彷彿快融化般的焦躁感使得全身發燙，所以拚命奔走只為了阻礙阿瑪堤達成契約。如今這些舉動不僅是徒勞無功，甚至是在自我陶醉。

「其實……我沒信任妳就是最大的問題。」

赫蘿別開視線，只讓一邊的耳朵朝向羅倫斯。

她應該是在說「就姑且聽聽汝怎麼說」的意思。

對於赫蘿極度惡劣的態度，羅倫斯當然心有不甘，但是他又不得不承認自己不想翻臉。

羅倫斯抬頭看了天花板一眼後，才繼續說：

「妳會在長袍別上白色羽毛，是為了告訴我是妳向狄安娜買黃鐵礦的吧？」

赫蘿一臉不悅地點點頭。

「可是，當阿瑪堤故弄玄虛地去擺販賣黃鐵礦時，我卻以為那是妳設下的陷阱。」

「咦？」

赫蘿輕喊了一聲後看向羅倫斯。羅倫斯慌張地摀住嘴巴。

他心想「說了不該說的話」，但已經太遲了。赫蘿一邊解開盤腿讓一隻腳踏在地面，一邊逼過來質問：

「解釋清楚些。」

赫蘿帶點紅色的琥珀色眼珠散發出滯鈍的光芒。

「我以為那是為了要讓我操之過急而設下的陷阱。我看了阿瑪堤的舉動，就心想妳已經完全站在阿瑪堤那方，所以我根本沒有餘力去注意到白色羽毛。只是，事實並不是我想的那樣……我說的沒錯吧？」

赫蘿的眼神說著「當然。」

到了現在，羅倫斯當然明白赫蘿的真意。

「那是在告訴我阿瑪堤手上持有足夠的庫存量，要我趕緊大量賣出黃鐵礦。妳是這樣的意思對吧？」

羅倫斯沒信任赫蘿，但赫蘿卻信任著羅倫斯。

如果要以關係圖來解釋，或許就是這麼回事吧。

所以，赫蘿是讓阿瑪堤做了那時的羅倫斯根本無法理解她真意的舉動，加上羅倫斯單方面誤以為阿瑪堤並非靠自己的判斷企圖動搖羅倫斯，而是赫蘿也成了敵人想要設陷阱害他。

那時唯一正確的答案，就只有赫蘿明白羅倫斯的企圖。

相信只要羅倫斯發覺到白色羽毛，並以眼神向赫蘿確認她的真意，赫蘿一定會在那個時間點就與羅倫斯一起賣出黃鐵礦。

「真受不了汝……」

赫蘿嘀咕著。

然後她頂出下巴示意要羅倫斯繼續說下去。

「在那之前，妳會在阿瑪堤準備的結婚證書上簽名又蓋章，那是……」

雖然羅倫斯覺得難為情，但是他只能硬著頭皮說出來：

「那是妳為了讓我有理由生氣……對吧？」

赫蘿的耳朵微微顫動著，她用力深呼吸一次。

或許赫蘿是因為想起這件事，使得心頭湧上一陣陣怒氣。

在那時，赫蘿一定是引頸期盼著羅倫斯手抓結婚證書奔上二樓。

然而，她等了又等也不見羅倫斯上來，或許就那麼等到了天亮。

羅倫斯這麼一想，不禁覺得就是被赫蘿活活咬死，他也不能抱怨。

「在留賓海根時，咱不是說過了嗎？不要做一些沒用的小動作，直接把真心話說出來；互相怒罵會比較快解決問題。」

赫蘿咯吱咯吱地搔著耳根，一副無法表現出再多憤怒情緒的模樣。

赫蘿就是被撞見阿瑪堤走出旅館也沒有慌張，甚至特地準備了結婚證書，這一切都是為了激怒羅倫斯，好讓他容易說出真心話。

而羅倫斯卻誤以為是赫蘿發出了最後通牒。

不過現在回想起來，羅倫斯才明白那時的狀況確實是最佳條件，讓他能夠任憑情感宣洩地說出不希望赫蘿接受阿瑪堤的求婚。

而且，似乎只要這麼說，赫蘿就願意原諒他。

「所以，我一開始就完全會錯意了。」

赫蘿聽了壓低下巴，用著超越不悅、近乎怨恨的眼神看向羅倫斯。

那眼神說出羅倫斯錯得有多麼離譜。

「妳……那個，因為約伊茲的事情而情緒失控時，在最後向我道歉是……」

赫蘿說出「抱歉」時的沙啞聲音再度在羅倫斯耳邊響起。

「是因為妳恢復了理智……對吧？」

赫蘿瞪著羅倫斯，她甚至咧嘴露出尖牙瞪著。

赫蘿向羅倫斯說了一大堆充滿惡意、曲解意思的話語後，立刻察覺到自己說得太過分。

察覺到了後，赫蘿沒有意氣用事。

她立刻向羅倫斯道了歉，發自真心地道了歉。

沒料到羅倫斯竟然把赫蘿的道歉當成是她緊閉心房的最後話語。

一想起那時的狀況，羅倫斯就忍不住想要抱頭大叫。

羅倫斯因為赫蘿的道歉話語而停下伸出的手。

他心想，如果那時能夠跟赫蘿說句話，或許事情就有機會挽回。

然而，赫蘿那時一定是愣住了。

因為赫蘿明明是為她情緒失控而說出的惡劣話語道了歉，但是羅倫斯不僅沒吭一聲，甚至還往後退走出了房間。

在那之後，聰明的赫蘿一定立刻察覺到了羅倫斯是如何會錯意。

只是就算察覺到了，要赫蘿去說明羅倫斯是什麼地方會錯意，也未免太過愚蠢。

想必赫蘿是要羅倫斯早早在某些關鍵處發現自己會錯意。

這也是眼前的她會如此憤怒的原因。

「汝這個大笨驢！」

赫蘿從床上站起身子，終於忍不住地大聲怒罵：

「所謂笨人想不出好主意來，指的就是汝！咱的苦心全都被汝蹧蹋了不打緊，汝還說咱把汝當成了敵人是嗎？而且，汝竟然那麼執著於和那小毛頭的契約，汝知道這樣讓事情變得有多複雜嗎？咱確實是最近才遇上汝沒錯，但是咱認為和汝之間有著不算淺的羈絆。是咱一廂情願這麼認為嗎？還是汝其實——」

「我想和妳一起繼續旅行。」

書桌與床鋪之間只有幾步距離。

人與狼、商人與非商人之間的距離也不過就這幾步。

只要伸出手，就立刻觸碰得到。

羅倫斯抓起赫蘿的手，發現她的手正微微顫抖。

「一直以來，我的生活裡就只有生意，未來我也打算過這樣的生活。所以，對於生意以外的事情，妳就當我是個腦筋遲鈍的傢伙吧。」

赫蘿憤怒的表情漸漸化為鬧彆扭的表情。

「可是，我是真心想和妳一起旅行。」

「那，咱是汝的什麼人？」

這是當時羅倫斯回答不出來的問題。

現在的羅倫斯就能夠斬釘截鐵地回答：

「無法用言語來形容。」

赫蘿瞪大了眼睛，耳朵高高挺起，然後——

然後，她一副受不了羅倫斯到就快要哭了出來的模樣笑著說：

「汝那什麼窮酸乾癟的台詞。」

「妳不是最喜歡吃乾癟的肉乾嗎？」

「咱最討厭吃了。」

赫蘿咧嘴露出兩根尖牙，用喉嚨發出笑聲後，把嘴巴湊近羅倫斯的手說：

羅倫斯感覺到手背一陣痛楚，但他心想這是懲罰，於是乖乖接受。

「不過，我也有一個問題想問妳。」

「嗯？」

赫蘿為了傳達她的氣憤，下「口」頗重地咬完羅倫斯的手後，抬起頭反問道。

「妳怎麼知道鍊金術師那裡有黃鐵礦……不對，這應該是阿瑪堤告訴妳的吧。比起這個，我更想問妳是怎麼讓狄安娜小姐答應賣黃鐵礦給妳的？就這點我想不通。」

赫蘿聽了，一副「原來是問這種事啊」的表情看向窗外。

這時已到了黃昏時分，第二天的夜間祭典正準備展開。

今天的祭典似乎都是使用從昨晚開始，便一直拿來打鬥的眾多玩偶，許多巨犬外觀的玩偶已經有一半都斷頭了。就是從遠處望去，也看得出參加夜間祭典的人們一副疲累的模樣，搖搖晃晃地走著，當中甚至有人摔了個屁股著地。

儘管疲累，人們仍然隨著笛子聲和太鼓聲勉強想要組成隊伍遊行。

赫蘿把視線拉回羅倫斯，以眼神示意要他一起到窗戶邊。

羅倫斯沒理由拒絕，於是走近窗戶邊。

「從阿瑪堤那小毛頭總不忘向咱詳細報告的內容中，咱大概猜出了汝的企圖。不過，沒想到汝能夠想出那點子；就這點，不妨誇獎汝一下唄。」

赫蘿背靠著羅倫斯，視線落在祭典上。

因此，羅倫斯看不見赫蘿的表情。不過他心想既然被誇獎了，就坦率接受好了。

「那，是叫狄安娜沒錯唄？關於那件事吶，咱只是為了其他目的去找那個人。」

「其他目的？」

「應該說去拜託那個人比較貼切。咱憑著信件上的味道知道了位置。不過，那地方有著像溫泉地一樣的強烈臭味，難受極了。」

羅倫斯一邊驚訝於赫蘿驚人的嗅覺，一邊心想這麼說來，她當時一定覺得嗆鼻得不得了。

然後，赫蘿輕輕嘆了口氣，沒看羅倫斯一眼地說：

「咱問了那個女娃說，可否捏造約伊茲其實有可能仍存在於某處的虛假事實，然後轉告給汝知道。」

羅倫斯聽了霎時不解。

後來他立刻察覺到了赫蘿的用意。

如果羅倫斯從狄安娜那裡聽到這樣的事實，他一定能夠更容易主動與赫蘿說話。

這是讓羅倫斯主動與赫蘿說話的最佳契機。

「可是吶。」

赫蘿接續說話的口氣突然顯得不悅。

「那女娃要咱說明事情的原由給她聽，最後竟然拒絕了咱的請託。」

「是……這樣啊？」

羅倫斯記起他從狄安娜住家離去之際，狄安娜對他說的那聲「加油」。

那是狄安娜在嘲諷人嗎？

「咱被拒絕的原因就是汝，汝好好反省一下。」

羅倫斯被赫蘿踩了一腳，跟著回過神來。

然而，他不明白赫蘿的意思。

「真是的……咱不惜丟臉地說明了事情的原由，差一些就能夠請託成功時，汝突然跑來了，所以那女娃才會想出不必要的計謀。」

羅倫斯連「咦？」的聲音都發不出來。他心想，原來那時赫蘿在場啊？

「那女娃竟敢一副自己很了解的模樣說……只要考驗一下汝是否有決心就行了。」

羅倫斯總算明白了狄安娜為什麼會說那聲「加油」。

不過，他總覺得自己好像漏想了什麼很重要的事情。

就在羅倫斯想著到底遺漏了什麼事情時，赫蘿回過頭一副「真受不了」的表情看向他說：

「汝的蠢問題也一字不漏地傳進了咱的耳朵。」

「啊！」

羅倫斯以近乎哀叫的聲音叫了出來，赫蘿壞心眼地笑著轉了一圈身子，面向他說：

「聽說有很多人類和神明成為一對的傳說吶？」

赫蘿垂著頭只抬高視線的笑容看起來非常嚇人。

她環繞在羅倫斯背上的纖細手臂，讓人聯想到了從不放過獵物的毒蛇。

「既然汝有這樣的打算，咱是無所謂。不過……」

從窗外流瀉進來的燈光染紅了赫蘿的臉龐。

「汝要溫柔點，好唄？」

赫蘿其實是惡魔吧。

羅倫斯半認真地這麼想著，但見到赫蘿很乾脆地放棄繼續演戲，他不禁覺得掃興。

「不知怎地，和那女娃說完話後，就覺得心情快活不起來。」

赫蘿一副感到疲憊的模樣說道，但是她依然保持抱著羅倫斯的姿勢看向窗外。

赫蘿的視線並非看向祭典，而是注視著遙遠的某方。

「汝有沒有發現那女娃不是人類？」

羅倫斯驚訝得連「怎麼可能」都說不出來。

「房間裡不是掉落很多羽毛嗎？那些是女娃的羽毛。」

「……是這樣嗎？」

赫蘿這麼說讓羅倫斯記起了他看見狄安娜時，便聯想到了鳥。

赫蘿點點頭後，接續說：

「女娃的真實模樣是隻體型大過汝的鳥。她愛上了旅行修道士，並歷經漫長歲月同心協力蓋了一所教會。但女娃不管經過多少年都不會變老，所以修道士起了疑心。汝應該知道在那之後會是什麼狀況唄？」

或許是多心，但羅倫斯感覺赫蘿似乎加重了手臂的力道。

羅倫斯覺得自己似乎明白了狄安娜會收集古老傳說，以及保護鍊金術師的理由。

不過，要羅倫斯說出那理由，會讓他覺得非常痛苦，他相信赫蘿一定也不願意聽見。

所以，羅倫斯沒有說出口。

取而代之地，他抱住了赫蘿纖細的肩膀。

「咱想回到故鄉，哪怕……它已經不存在了。」

「嗯。」

窗外的巨人玩偶和巨犬玩偶最後互撞在一起，引起了一陣歡呼。

不過，羅倫斯立刻察覺到那不是模擬打鬥的表演。

操縱玩偶的人無不開心地笑著，而參觀群眾的手上也都拿著酒杯。

那一定不是互撞，而是搭肩的動作。

接下來，人們開始歌唱跳舞，而玩偶在交叉路口的正中央被點燃了火。

「呵呵呵，人類的舉動還真大膽吶。」

「嗯，很壯觀。」

儘管距離相當遠，羅倫斯卻感覺到臉頰似乎因為熱氣而發燙。

人們圍繞在彷彿能夠輕易蓋過月光似的火堆四周，發出歡呼聲互相乾杯。

在卡梅爾森城裡，從各地前來的各種人和各種神明經過爭吵之後，再次設下酒宴痛快暢飲。

大家終於不再對立。

「咱們也去唄？」

「好……啊？」

然而，赫蘿卻動也不動。看見羅倫斯感到詫異的表情，赫蘿抬起頭說：

「咱吶，就算要像那玩偶的火焰般熱情也無所謂，汝呢？」

被點燃了火的玩偶緩緩地疊在一塊。

儘管被調侃，羅倫斯仍是笑著回答說：

「趁著喝醉酒，應該勉強辦得到吧。」

赫蘿咧嘴露出尖牙笑笑，一邊興奮地甩甩尾巴，一邊用著再開心不過的語氣說：

「汝也喝醉的話，那誰來照顧咱吶？汝這個大笨驢！」

羅倫斯拉著展露笑顏的赫蘿的手，走出了房間。

喧鬧的夜晚再度降臨了卡梅爾森。

不過，過了一些日子後，城裡開始流傳起那一夜有真正的女神混在人群之中的謠言。

完

後記

好久不見，我是支倉凍砂。這是第三集了。

這回我沒有忘記兩位主角的個性，順利完成了寫作。但是，我卻把這篇後記的截稿日期給忘得一乾二淨。剛剛接到責任編輯的電話時，我彷彿看見了電話那一頭不帶笑意的笑臉。

如此健忘的我，不禁擔心起各位讀者是否也忘了我。

言歸正傳，說到第三集，也就是第三本書，是第三本長篇小說。去年此刻，我剛得知自己通過電擊小說大賞的第一次選拔時不禁狂喜，每天跪坐著等待第二次選拔結果公佈。說到那時，總是得費很大功夫才能夠完成一本長篇小說，而每完成一本，就不斷地投稿。所以，當我的寫作速度從去年底開始轉快時，真是教人痛快極了，我想光是這樣也算是有小小的進步吧。

再向大家報告一件事，說到我最近的興趣，那就是瀏覽不動產物件的網頁。而且，我瀏覽的不是普通的物件。我瀏覽的是所謂的億萬豪宅，也就是金額超過一億以上的高級華廈。

因為我喜歡欣賞從高處望去的景色，一直夢想著自己有一天能夠住在東京夜景一覽無遺的華廈裡，所以才會瀏覽這些高級華廈的樣品屋，真的很漂亮呢。這些高級華廈的一切事物都讓人有種被壓倒的感覺，完全超乎想像，所以我就這樣不知不覺地沉溺其中。

不過，當我在讓人誤以為自己得了亂視、金額高到數不清是幾位數的報價表當中，看見町會（註：社區自治組織）費兩百日圓的項目時，就感到無比安心。這讓我內心湧上一股能夠繼續努力下去的動力。不過，當我知道在某一棟高級華廈裡，使用停車場加上紅酒櫃（沒想到竟然有這種設備！）的租金，隨隨便便就超過我現在居住的公寓租金時，還真有種不知所措的感覺。

如此小市民的我，還請各位今後也多多指教。

以下為感謝詞。

為我繪製插圖的文倉十老師，感謝您百忙之中每次都幫我畫出美麗的插圖。您的美麗插圖每次都激勵著我寫出不輸給插圖的文章。另外，責任編輯、校對的前輩，感謝您們這次也幫我的文章做了更正確的修改。未來我會努力減少修改日文，同時讓自己的文章精益求精。

最後，我要感謝拿起這本書閱讀的讀者們。

那麼，我們下次再見了。

支倉凍砂

國家圖書館出版品預行編目資料

狼與辛香料 / 支倉凍砂作 ; 林冠汾譯. -- 初
版. -- 臺北市 : 臺灣國際角川, 2007.08-
冊 ; 公分. -- (Kadokawa fantastic
novels)
譯自 : 狼と香辛料
ISBN 978-986-174-451-3(第2冊 : 平裝). --
ISBN 978-986-174-492-6(第3冊 : 平裝)

861.57 96013203

Kadokawa
Fantastic
Novels

狼與辛香料 III

（原著名：狼と香辛料III）

2007年10月26日 初版第1刷發行
2024年6月17日 初版第19刷發行

作者：支倉凍砂
插畫：文倉十
日版設計：渡辺宏一
譯者：林冠汾

發行人：台灣角川股份有限公司
總監：呂慧君
總編輯：蔡佩芬
主編：林秀儒
編輯：黎夢萍
設計指導：陳晞叡
美術設計：莊捷寧
印務：李明修（主任）、張加恩（主任）、張凱棋、潘尚琪

發行所：台灣角川股份有限公司
地址：104台北市中山區松江路223號3樓
電話：（02）2515-3000
傳真：（02）2515-0033
網址：www.kadokawa.com.tw
劃撥帳戶：台灣角川股份有限公司
劃撥帳號：19487412
法律顧問：有澤法律事務所
製版：巨茂科技印刷有限公司
ISBN：978-986-174-492-6